苦涩的笑声

简政珍　著

陕西新华出版传媒集团
陕西人民教育出版社
·西安·

图书在版编目(CIP)数据

苦涩的笑声 / 简政珍著 . —西安:陕西人民教育出版社,2017.10
(当代新诗话 . 第二辑)
ISBN 978-7-5450-5598-6

Ⅰ.①苦…　Ⅱ.①简…　Ⅲ.①诗歌—中国—当代
Ⅳ.①I207.22

中国版本图书馆 CIP 数据核字(2017)第 247285 号

KU SE DE XIAOSHENG
苦涩的笑声
简政珍　著

出 版 人　黄平利
策　　划　田和平　马晓侠
责任编辑　马晓侠
责任校对　史丽军
装帧设计　沈　斌

出版发行　陕西新华出版传媒集团　陕西人民教育出版社
(西安市丈八五路 58 号　邮编:710077)
印　　刷　中煤地西安地图制印有限公司
开　　本　787mm×1092mm　1/32
印　　张　8.125
字　　数　180 千字
版　　次　2018 年 1 月第 1 版　2018 年 1 月第 1 次印刷
书　　号　ISBN 978-7-5450-5598-6
定　　价　38.00 元

简政珍

简政珍，中国台湾省台北县人，一九五〇年生。台湾大学外文研究所硕士。美国奥斯汀德州大学英美比较文学博士。曾任中兴大学外文系专任教授、系主任，《创世纪诗刊》主编，亚洲大学文理学院院长，亚洲大学人文社会学院院长。现任亚洲大学外文系讲座教授。研究领域为英美文学、文学理论、现代诗与诗学、诗创作。

著有诗集《季节过后》《爆竹翻脸》《历史的骚味》《浮生纪事》《失乐园》《当闹钟与梦约会》(北京:作家出版社)，《放逐与口水的年代》《所谓情诗》等十一种；诗及诗论合集《诗国光影》；诗文论集《放逐诗学》《空隙中的读者》(英文)，《语言与文学空间》《诗的瞬间狂喜》《诗心与诗学》《电影阅读美学》《台湾现代诗美学》《音乐的美学风景》《当代诗与后现代的双重视野》《解构阅读法》《读者反应阅读法》《第三种观众的电影阅读》等十八种。主编《当代台湾文学评论大系文学理论卷》《新世代诗人精选集》等。

曾获中国文艺学会新诗创作奖，创世纪诗刊诗奖，诗集《爆竹翻脸》及所策划的《尚书诗典》获台湾行政院新闻局金鼎奖等。《历史的骚味》被《明道文艺》选为历年来必读的十四本好诗集之一。

诗与思的乐趣

——读简政珍诗话集《苦涩的笑声》

刘 波

现代诗话到底要写什么？它给我们提供的是何种审美？心灵鸡汤式的格言警句定与严肃的诗话写作有别。在目前体系化的学术规训中，诗话作为诗歌与理论的中间物，更像是一道稀缺的符咒，貌似过渡性文字，然而，这种文体又有着极强的主体意识，独立，生动，且不乏思辨的精彩。看似很简单的文字，实则最难写，不比长篇大论或高头讲章，也不比诗歌的跳跃与陌生，它必须介入诗与论，恰如其分地出示语言思考和诗意探索的智慧。

正是在这样的一个背景下，我阅读台湾诗人、诗学家简政珍先生的诗话集《苦涩的笑声》，确有一种思想交锋后的意会之感。这种感觉不是碎片化的灵光一闪，或是追求快感的只言片语，它们像其诗论文章一样，智性，鲜活，可辨识度很高。读其诗话之前，我曾拜读过简政珍不少诗学理论和诗歌批评文章，他有着台湾学者的严谨，善于从形式出发来探讨问题，实为专业的研究方式。这种研究能够更深入地和诗歌进行对话，而非想当然地进行评判，或者居高临下地走向盲目的冒险。基于此，简政珍的诗话，既有技艺的锤炼，又有深厚的人文情怀，他这些精短的文字，在异质性转换中带着解析诗歌的普适性美学。

何为“苦涩的笑声”？这不是一个隐喻，它是对当下的命名。简政珍的诗话不仅针对诗歌发言，他更是在面向现实提供自己的认知和观念。“面对这个时代，有生命感的诗人经常会发出苦涩的笑声。”他开篇即言诗歌在当下的处境。这样，他也由此为这部诗话集奠定了一个基调：既是笑声，却又是苦涩的，这种悖论正是诗人所身处的现实。“这不是诗的时代，但是，是最适合写诗的时代。以如此谬误的人生造就斐然的诗作，诗人是该哭，还是该笑？当他的诗作触及哭笑不得的情境，他已经是一个当代性诗人。”处处皆悖论，但悖论有时就是诗的真相。深入到语言的内部，我们会发现，一些貌似恒定的价值，在诗的真理面前可能皆是表演。诗人内心的悲欢离合，在对人生的洞察和扬弃中，都化作了诗的一部分，被建构，被定格，最终成为诗人自我经验的诗意投射。

在这部诗话集中，简政珍很大程度是在挖掘诗人与诗歌关系的内核。他以诗歌写作的体验进入自己的文字世界，最后却要以更理性的言辞来表达在诗歌阅读中的感受，这种实践与批评的双重体验，又让他找到了走心的切入角度，也就是说，他必须将自己置于一个适当的位置，否则，就很难以个人经验来对接普遍的审美。简政珍有内心的标准，他以自己作为参照，这是一个标高，唯此，其思索也就不会太偏离常道。毕竟，他的论断是针对多数诗人和读者，而非封闭的独白。他那些直抵诗之本质的言说，并不是完全依靠冥想得之，很大程度上乃经验之谈。对经验的理性转化，在学识、修养与专业性上，当是一个更大的考验，简政珍所做的，就是朴素地面对诗歌和自我进行对话，得此前提，他才没有像很多诗人那样做天马行空的妄想，而是在自己拟定的体系里设问，然后一一给出答案。

当我们读着简政珍这些带着体温的诗学文字，也是在经历一场诗与思的旅程。诗人何以写诗？诗与现实到底是什么关系？意象如何经营？我们怎样阅读诗歌？又如何阐释诗歌？在诗与思之中，他试图指出探索的路径。当然，这些文字不一定都是板上钉钉的结论（诗话貌似很多时候就是在下结论），有时甚至就是一些没有结论的困惑，它们被提出并悬置于文字中，以留给读者更大的思考空间。正如他所言："诗人必须拥有其写作空间才能叫作诗人，而写作的空间是写出来的。"其可谓一语道破多少诗人在写与不写之间的两难，写才是硬道理，如果只是有想法，不诉诸文字，终究不过是空想而已。简政珍就是在这种不下结论的言说中留下了更多空间，我们可自由地填充其想要表达的观点。"写诗是对一种自我的交代，对自我心中萦绕不去的脸孔或情景但又深觉束手无策的一种平衡。"此话虽有点绕，但他出示的仍然是诗歌写作的矛盾，诗人写诗或许就是在平衡这些不断被解决又不断出现的矛盾。循环往复的过程，对于诗人来说就是一次次的挑战，而对于诗评家来说，这经验的叠加正是对诗之多种美学可能性的积累。我们要以这种积累所构成的写作伦理，来与诗的实践形成互动，这当是诗与思在诗话中所体现的境界。

为此，我能理解简政珍提出的一个观点："作为一个诗人注定是场悲剧，面对现实，却无力改变现实。纸上的风云毕竟不是现实的风暴。诗所能引起的回响只限于极少数的读者。"这又是一场近乎悖论的言说，他将诗的宿命性完全撕开，悲剧的展开和呈现，又是诗不可规避的结局。诗的"无用"是至为彻底的悖论，而诗人何以偏偏要去写它？这如同推石上山的西西弗斯，他只是在完成那个悲剧诞生的过程，或许诗的价值就在于诗人写作的过程本身？它何以有如此吸引力让人前仆后继？这里面所隐藏的理由，诗人自己可能都说不清楚，但这些无法言说的秘密，并不影响一代又一代人投入诗的怀抱。"假如诗是人的作品，撇开人生，诗人所为何事？若诗用以游戏，社会无处不在游戏，何必有诗?"困惑乃诗人写作的动力，他们可能不是要解决什么社会大问题，他们也许就是在解决内心的冲突，或者说寻找自身的意义，并由此去追寻潜隐其中的神秘感，那就是美学，就是诗意。

无论一个人写诗是出于什么目的，他总是要为此找到精神的支点，这个支点的高低决定了有些人不仅要写诗，而且还要考虑如何将诗写好。这其实让问题深化了，简政珍所做的就是一步步探究下去，由写的最初层次到如何写好，这种跨越同样对诗人提出了更高的要求，"写诗是诗人对人生的阅读与诠释。诗因此要有生命感"。生命诗学是简政珍一直在探索和实践的命题。《苦涩的笑声》这部诗话集，正是他这种生命诗学观的理性演绎，他没有将自己的观念变成固化的知识，而是让其处于动态之中，处于有着更大拓展空间的语境中。这样，他对于诗歌的言说本身会变得丰富。一旦直指本质，很多问题可能会是另一番真相。“人只有把痛苦视为一种必然，人才能够伴随生命起伏的节奏。诗人充分体会到与生俱来的痛苦，他的诗因此而富于生命的厚度。”我甚至觉得，这不是在给诗人指引写作的道路，而是在为诗歌写作确立一种品格、一种高度。如果我们能以自己的经历和体验，获得感同身受的共鸣，这种精神自觉就会成为写作的某种思想内核。

当我们将检验别人的标准拿来检验自己时，是否会有以己之矛攻己之盾的嫌疑？那这样的检视还能否继续下去？诗人兼批评家有时就会面临如此困境，我们怎样回到起点来评判自己？这难免让人感到棘手。简政珍在诗话集中时时都会面对这样的矛盾，这种矛盾一旦显出自我的内在性，就必须上升到一个常识的高度，或者说让话题返回到常识层面。当他以生命诗学贯穿于思考和写作时，所有命题都会在这样一个核心范畴内展开，不管是写作技巧，还是主题内容，都由此获得了相应的置换和检验。“语言对真正的诗人来说，是一个有生命的个体，写诗是诗人和语言的对话与互动。”语言是诗歌之本，但它不是最终目的，它是联结人生与言说的中介，诗人就是以自己的表达去观照和对话，方才更接近诗的本真之意。简政珍力图解析出诗歌写作的幽暗性，这种幽暗里就潜藏着诗意的复杂和难度，而他就是去还原它们的内在力量与精彩瞬间。

如果回到最初的起点，我们能够从头说起，在吉光片羽的诗话集中，似乎每一处都是开始，我们可以选择从任何一段读下去，也即是说，诗话很大程度上是一个球形话题。作者的言说不循规蹈矩，我们的阅读也轻松自如。然而，对于简政珍诗话的阅读，肯定不是一次性消费，他的言说拒绝快餐。那些带着深度思索的文字，都有着持续创造的可解读性，就像他通过解读诗作，也能给我们呈现出多侧面的趣味性一样。在这部诗话集中，他既提供世界观，对诗歌进行价值判断，也提供方法论，由文本抵达审美。他说："歧义可能是一种美德。"这看似是在为诗歌辩护，又何尝不是在为诗歌的多元理解提供理论支撑呢？他一直在打破与诗有关的二元对立格局，无论是写作上的，还是批评上的，他试图建构的就是更为丰富的言说空间。这种建构性的言说里，又不时流露出批判性和历史感，他一方面针对诗人的写作，另一方面也面向自我的批评。于是，这样的审视和反省才让那些文字更具说服力，也更让人有信任感。

目录

Ⅰ **诗心与诗学** …… 001
为何写诗 …… 003
写诗和瞬间 …… 008
纸上风云 …… 012
诗作和诗心 …… 015
诗和现实 …… 022
诗和现实的辩证 …… 026
诗不是现实的装饰品 …… 031
诗人的过去 …… 038
所谓永恒 …… 045
从符号到人生 …… 051
诗的门槛 …… 058
诗和语言的对话 …… 063
意象思维 …… 069

意象的姿势 …… 076
诗人的凝视 …… 083
沉默与众声喧哗 …… 089
诗的生命感 …… 096
濒死的写作与阅读 …… 106
诗的诠释与诗的教育 …… 113
诗的阅读与诠释 …… 120
“现代诗”和诗的都市化倾向 …… 129
写我、写他、写诗 …… 134
诗和蒙太奇 …… 141
诗的哲学内涵 …… 146

Ⅱ 现当代诗学 …… 157
意象叙述 …… 159
比喻与抽象具象化的关系 …… 166
语言、语音与声音的意象 …… 174
沉默与语言 …… 182
当代诗的当代性省思 …… 191

Ⅲ 诗学断想 …… 203
物象的观照 …… 205
诗是非目的论的书写 …… 205

语言的动态进展……………………………………………207
文字的时间性因素…………………………………………208
意象的毗邻…………………………………………………209
空无指涉……………………………………………………209
结构的辩证…………………………………………………209
默认的结构…………………………………………………210
空隙的密度…………………………………………………210
诗存在的空隙………………………………………………211
意象的流动性………………………………………………213
诗的偶发因素………………………………………………213
歧义…………………………………………………………214
所谓意义……………………………………………………214
诗的嬉戏空间………………………………………………215
形而上的嬉戏………………………………………………218
诗的舞姿……………………………………………………218
诗既是也不是………………………………………………219
“诗不是”(否定诗学)………………………………………219
诗的存有……………………………………………………220
似有似无的技巧……………………………………………221
文本的互植…………………………………………………222
语言在棱线上游走…………………………………………222
漂泊的意象…………………………………………………223

吊诡的思辨…………………………………………… 224
辩证反讽…………………………………………… 224
社会文本…………………………………………… 225
超现实与现实……………………………………… 226
看见与看穿………………………………………… 227
形式的维系和变貌………………………………… 228
时间和自我………………………………………… 228
抒情诗的陷阱……………………………………… 229
“学院诗人”………………………………………… 229
“不相称”的诗美学………………………………… 230
“不甚在意”的诗…………………………………… 231
所谓“有特色的诗”………………………………… 232
重整性、时空性等等 ……………………………… 233
诗人自我的解构…………………………………… 235
虚实的辩证………………………………………… 236

后　记 ………………………………………… 238
主编后记………………………………………… 240

Ⅰ 诗心与诗学

为何写诗

1

诗人和任何人一样，是时间的产物。他的来去自有生之日开始，即随着时间的涓流，缓慢或快速移动至终点。人以日历或钟表标记其在时间中的定位，但真正纸张和刻画所标示的是一场命定的算数。

2

诗人对于一般的数字大都反应迟钝，但对于时间的演算却非常敏感。诗人回忆童年、缅怀旧情、追思脸孔、凭吊古物等占据文学史庞大的篇幅，总结诗人对时间的不甘心。

时间无坚不摧，诗人有限的生命转眼化成风中的微尘。文字对于时间的抗拒似乎也终将幻灭。

3

放眼宇宙，诗人无能为力，但环视周遭，诗人却看到一个心灵世界。宇宙和时间笼罩一切,但心灵瞬间的跳跃却可以重新调整人和世界的关系。

时间驱策自然和现实,而给人生既定的秩序,对于生活的反应渐渐也被既定的模式规范。但诗来自现实却超越现实。

流水和青山源起洪荒,是客体世界中各自独立的景致,但当人看到青山"傍依"流水,或是诗人写到"流水一面喂食青山/一面以撞击的水花/清理旧账",青山和流水透过人的视野,在诗中显现新的面目。它不是现实世界的再现,而是重整现实世界。

4

诗使草木生情。当自然染上人本的色彩,人就不再接受时间任意的差遣。

客体世界一意要使人臣服于固定的时序,诗人以诗逾越原有的步调。漫长的岁月在诗中一笔带过,而眨眼的瞬间却绵绵流长。

5

诗使人逼近事物的本貌。人的视觉所见也许是假象。现实以各种涂装遮掩事实,而诗人心眼所见之真却使炫丽的表象褪色。

反讽的是,诗的真实却被一般人认为不真,因为一般人囿于既定的认知。

6

诗所触及的是物象的姿容。“我抓起一把夜色/涂抹伤口”,夜色似有形却无形。它并非黑夜,也非黑暗,夹杂了外在的情景和人的思维。

当人和自然律动,自然的真实已经涵盖了人的影子,而所谓物象实际上是人意识的投影。

诗中物象的样貌并非科学之真,艺术也非制定线条或数字的比例,而是心眼观察中的形象。

7

若诗使自然蕴含人的思维,人会转向以自然的客体看人生。人让物有思想反而使人更富于人文精神。人砍伐森林使物为人使用,但若人能体会山水有情、草木含悲,人就会和物在同一个天地里共养。

写诗是展现这一层人和自然的融合。这当然超乎时间或宇宙所命定的样式,人以这种新关系反制时间的阴影。

人和人的关系也同。现实抹杀人性,人随着数据浮沉。

有心人大声疾呼精神教育,但精神教育并非精神训话:因为训话者本人可能是最需要被训话的对象。他的训词透露的可能是自己内心的匮乏,而非饱满。

8

也许最好的教育是诗教。一个每天都能精读一首好诗的人不太可能做坏事。

在诗的文字世界里，他看到现实价值的虚幻，他看到物质狂飙后的落寞，他看到许多人带着笑容高唱“人和自然的和谐”后，赞赏蒙古烤肉的美味。

9

诗不只是消极地揶揄人生。诗外表的嘲讽隐藏着更大的悲悯，因此再悲调的诗也不是灰色的诗。诗人看透现实时并没有得意的笑声，而是坠入清冷的空茫。

10

诗创造一个洞穿现实的世界。在诗中，自我和他人的意识交感。诗人能在诗中自我腾空，以他人的立场和感受看世界。

但诗人也和他人在相互的观照下逼视自我。诗是从我到他，再从他到我的交相辩证。诗人因此而在社会和现实的洪流中审视自己。

11

现实如洪流，轻浮虚假的将随波而去。诗人的个体生命也将在水中淹没，但洪水过后，沉淀其中的是文字。诗人写诗大都有这样的期冀：倒不是要在历史留名，而是以创作铭记一度的存有。

12

创作充满喜悦和危机。一首诗使自己从存有罔无的边缘中拉住自我，但任何一位诗人写完一首诗后，都没把握何时才能再写一首。

若是不能再写诗，何以叫作诗人？写作赋予自我完整的自由，它不经妥协，现实的各种声浪变成旋涡，但人在那个瞬间以诗挺立而不被卷走，诗人如以现实的需求为取向，他不仅伤害诗，也危及自我。

13

诗人在创作的瞬间，所有外在世界的喧嚣归于静谧，所有景物在心中升腾转型。

诗人以心灵的时间取代客体时间。对于时间惯有的畏惧好像顿时化为乌有。钟表的滴答无声无息，日历上数字的轮廓消失，创作经常在一个独特的瞬间发生，也许人在这一瞬间才意会到时间的本质。

在这一瞬间，人忘记时间的标记，年月日分秒的细节朦胧，时间原来也介于虚实之间，一瞬间竟成久远。

写诗就是抓取这样的瞬间。

写诗和瞬间

1

也许所有写诗的动机都是共通的。为了在脑海里铭记一个别离的场面或是一个逝去的脸孔，诗人把即将（或已经）消失的时间空间化，使瞬间而逝的形体转化成意象。

诗人必须拥有其写作空间才能叫作诗人，而写作的空间是写出来的。

他不只是生活的诗人，而且是文字的诗人，虽然作为一个生活的诗人可能更重要。

不是生活如“诗”，而是内心不愿接受现实的规范，总以某种瞬间的狂喜轻轻嘲讽既定的步调。

2

文字的诗人进一步想把瞬间延展成永恒，以文字的“形”取代言语的“声”。

人生的狂喜或感触，皆来自于瞬间；但能体会瞬间，也即感受瞬间即将不再。

诗人想把某一瞬间凝结在文字里。

3

诗人珍惜"瞬间"。也许是诗人的平均寿命最短，但更重要的是诗人面临现实的激荡，最易兴起人生飘忽之思。

不一定是自己生活的困境或命运的乖违，那种自怨自叹，总流于情绪的自渎，诗作也变成只是个人自我的影印本。

4

诗不在于描述的事件，而在于对事件的感受。环视周遭生活的空间，一个茫然望着海峡的老者，一个夜里从补习班拖着疲惫脚步回家的学生，一个送葬行列大跳裸舞的场景，点线编织成这个时代的经纬。

面对如此的景象，情绪经不起深思，总坠入某种瞬间的空茫，在沉默中自我抽离，赋形于跃动的客体，好似时间暂时停止，但悠然醒转，总是时间或季节过后的事。

5

写诗的冲动，表面好似借由文字捕捉那已逝去的形象，但另一方面却是填补那瞬间的空茫，好似一切人生的浮沉皆是难以改变的残酷事实。而最残酷的是眼睁睁地看着时光溜走。

文字是使时间暂停的一种假象。

6

所以，面对即将成为幻影的现实，事实上即面对诗人即将飘散的自我。移情物化无所不在，而无所不在却也暗示原有的自我已不在。

诗人永远面临这种类似矛盾的辩证式存在：一方面要扩大自我，变成外在的大我；一方面一旦成为大我，又深觉自我的岌岌可危。而两相犹豫矛盾中，时间静悄悄地流逝。

有时瞬间醒悟，以文字急追，试图以文字在时空中定位，以书写肯定他的存有。

7

写诗因此也是死生交替的过程，触发诗作总是生死摆荡后的结果，虽是他人的切身经验，但思及其中的无奈，却是自身如死前的空无。

眼见农民面对丢弃满地的柑橘，呆滞的是诗人的眼神，肿胀的是诗人内在乌云蔽日的心境。人生变得很严肃，写诗尤其严肃，虽然这种严肃也带有苦涩的笑声。

8

写诗前的心情犹如死，写诗变成一种纾解，一种生。

写诗是对一种自我的交代，对自我心中萦绕不去的脸孔或情景但又深觉束手无策的一种平衡。

那个面对满地柑橘的脸孔早已被人们所遗忘，所有的问题一阵喧腾后可预期将再重演，主事者仍可胸前佩戴红花在酒会中穿梭。

但诗使那一段日子以书写空间的形态，在时间的流动中留下一个标记，记下那个脸孔，记下诗人为此而感慨的瞬间。

纸上风云

1

诗是一场纸上风云。

不论写诗或读诗，由心灵的感触到纸上的诗兴成形，或由纸上的文字实体到心灵的回味冥想，诗引发一些事件。

这些事件遥远如飘散的清音，如乌云过滤后雷鸣的尾声，如喷射客机留给西天的纪念。

声形沉淀成纸上的文字，却激起诗人或读者的回肠九转，好似一切都没发生，但一切却像涟漪过后的清冷。

2

诗人的触角接收周遭的音频影像。诗人拥有最独立的自我，但这种自信却建立于和外在世界的交融。

报载的悲壮事件事实上是自己的事情，虽然它用的是别人的名字。

诗作基于诗心的人文精神。诗人有感于这个世界，虽然他经常顶撞现实的风向，在文字中确立另一种价值。

3

诗人所确立的价值倒不一定在于自问自己在文学史上的地位，而是能随时代的脉搏呼吸。

写诗不是循迹镜中的泪痕和梦幻，也不是申诉自己身世的委屈。

这时代诗行能化成铅字，处境要比竹笋被丢弃满地面对暮秋幸运得多。一片竹林收成的是生活的千疮百孔，竹农要以三百斤的竹笋才能卖抵一首诗的稿费。

现实不是诗，是血淋淋的真相，有人以酒化解，有人以选美自娱，有人以股票上扬的数据解释人生，而诗人对于那堆挤皱成如苦瓜的脸孔总挥之不去。

4

诗人孑然自我。他不为街头缤纷的点缀眩惑，也不为一些虚肿的假象迷惘，他只为官员威仪出巡后，那些苦瓜脸上加深的皱纹感到悲哀。

5

作为一个诗人注定是场悲剧，面对现实却无力改变现实。纸上的风云毕竟不是现实的风暴。诗所能引起的回响只限于极少数的读者。

6

现实触及诗人无可奈何的伤痛，诗人何妨规避现实？难道是将诗"后设"，追随一种时尚，赋予文字的游戏空间？

把诗的文字世界隔离现实并不难，正如一部"坏"作品也可用冠冕堂皇的理论加以诠释，不必参照人生。

假如诗是人的作品，撇开人生，诗人所为何事？若诗用以游戏，社会无处不在游戏，何必有诗？

7

若"后设"作品有其严肃的一面，其规避的不是现实，而是既有的处理现实的方式。细究之，又是一层悲哀。

"后设"表面上不触及伤口，本体上是伤痕的隐痛。"后设"的本质是一种嘲讽，是一种对现实无能为力后的反应。它"反映"了诗人卷入现实而后抽身在现实边缘，讽人自讽。

8

纸上风云是针对人生的有感而发，诗人或读者就此心绪绵延；它也可能是一种严肃的嘲弄。

这个时代有人花三千斤竹笋的代价以博取和美女共餐的机会；农民以茫然的表情培养中间商得意的笑声；厂商以废水毒死鱼虾，以废气毒害我们的子女。

从现实中归来，诗人以残存的身躯，以另一种心情继续写下去。

诗作和诗心

1

曾几何时，诗的艺术性和社会性竟变成对立的两极？

2

诗坛上，强调艺术性地走入文字的世界，强调艺术的自我而足，写诗的人审视文字的结构纹理，而无视外部世界里的波涛汹涌。

有些诗作是揽镜自照，顾影自怜。本来强调艺术性不一定强调自我，但一旦外在的现实在观照时已变成盲点，文字所映现的焦点慢慢地只是自我的形象。

3

诗不像小学生作文，不只是遣词用字的问题，而是整个创作中“诗心”的问题。文法措辞可以改正，“诗心”很难改正。

4

有人说只关心诗的艺术性而无视周遭的现实是十九世纪末的唯美观和二十世纪“新批评”所造成的，前者以“美”为上，不去接触“丑陋”的现实，后者主张文学的自主性，不必牵挂科学或哲学的论证。

其实不然。唯美者如奥斯卡·王尔德(Oscar Wilde)，诗作里的水纹多为生活的波动，水中的景象多为现实的倒影，著名的《清晨印象》就是如此。

人生的投影映衬他“妓院”里的世界，至于剧本更是直指人生。

5

托马斯·斯特尔那斯·艾略特(Thomas Stearns Eliot)是新批评的“先行者”，但现实已渗入诗中的意识——感受人生的飘忽，日月来去无声无息。他写道：“咖啡汤匙已量走了一生。”

艺术性的要求并不会使诗作忘却这个“荒原”的世界。

6

另一个极端是，为了强调文学的社会性，诗竟变成口号，诗变成“讯息”的工具，诗为人生服务。

假如强调艺术性而忽略社会性的诗人大都只看到自己，

很少看到他人，强调社会性而忽略艺术性的诗人，则又反复十九世纪写实主义的文学观——把诗当作一面镜子，映照这现实的斑斑点点。

7

但以镜子作为文学的隐喻，当然有很多的谬误，现实的世界和文字的世界总有相当的距离，诗不可能一切照章全收。

再者，十九世纪美国写实主义的代言人威廉·迪安·豪威尔斯(William Dean Howells)说：伦理(ethics)绝不能以牺牲美学(aesthetics)为代价。西方的写实主义事实上是艺术性与社会性并重。

8

只强调诗的艺术性的诗人容易使诗变成文字技巧游戏，人生的大我萎缩成自我。

自我过强，所以没有空间容纳不同的我(self)，写诗渐渐变成自我的重复，写十首诗事实上是一首诗写十遍，正如卡拉扬所说：布鲁克纳的九大交响曲是一首交响曲谱写九遍一样。

9

只强调诗的社会性的诗人以阐述主题为职志，以目的为依归。

他们忘却或漠视"社会诗人"杜甫的作品之所以传世、被尊重，不仅是因为这些诗作具有社会性，而且还在于其有艺术性。

诗所吐纳的是语言的弦外之音，而不是口号，语意款款而流，而不是呐喊。诗的兴味在于其中的留白，而不是散文的言尽意尽。

十九世纪英国哲学和社会学家约翰·斯图尔特·密尔(John Stuart Mill)说得好，诗是一种独白，不是演讲的口齿伶俐，它和自己对话，而不诉诸听者的情绪反应。

10

假如诗是独白，它怎能和外在的世界沟通？它怎能具有社会性？它岂不是又沦为扬言艺术，但只是自我情绪的牺牲品？兼顾艺术性和社会性的考虑使诗的创作充满辩证。

11

写诗的瞬间是自我的独白，但独白的前奏是众声交响。

独白的瞬间似无目的，但独白前的诗人却环顾今生今世有感而发；诗心腾空，固可容纳客体，似无自己。

12

具体言之，诗人处于一个时空自应展开自己，在时空中定位。不是重复史实，但要有历史感。诗人的呼吸配合时代的脉搏，小我和大我互动。

13

综观这个充满剧变的时代，有人离乡背井，漂泊异地，有人在巷尾拾取生活的残渣，有人以乞讨他人的眼神度日，有人在一声吆喝后变成竞选传单上的影像，有人挥动拐杖维护法统，有人在示威后的台阶上摔一跤。

生活中分秒间的滴答都牵系着整个时代的脉动，一个诗人怎能写诗如做少女梦？诗作如自我的倾泻，怎能在所谓艺术唯美的掩护下，使文字挑拨情绪？

14

对置身于周遭生活的声音，诗人回响的不是情绪的呐喊，而是诗作中的沉默。

事实上写诗也是声音后的沉默，因为它是一种独白。

诗人阅读人生正如读者阅读作品。诗人面对撼人的现实必陷于严肃的沉默，读者有感于作品动人的世界总是有相当时间的喑哑无声。之后，文字变成沉默的住所和抒发，使交杂心中的“声”转化成文字的“形”。

15

写诗之前，诗人的意识随着人世的悲喜而浮沉，这时诗人是个社会人，但写诗的瞬间，脑中的社会意识融解成文字而和艺术相结合。

假如意识是文字的自我审视，那么社会意识渗入的瞬间已是大我和小我的融合。

写诗的瞬间，诗人不能“意识”到要传达一个社会讯息，否则诗作就会沦为目的论的工具，但是生活中的社会观、历史感却无形介入，使诗不会沦落成诗人的顾影自怜。

16

写诗时，“有意”要表达讯息或使命感的“诗人”，可能是一个宣传家或是御用文人。

真正的诗人写诗绝非应景，某些场合若真有所感必须等待沸腾的情绪稍事冷却才能转化成诗作。

诗是在静谧中使先前浓郁的感触转成声音。诗人借文字和自己的独白进行表达，虽然这个独白先前已浓缩了多少对于外在世界的感悟和回响。

假如诗人“有意”借作品赢取读者的响应甚或官场的注意，他已经是在演讲或作秀，而不是在写诗。

17

二十世纪以来的诗论，以前是谈诗不谈诗人，现在又走向另一个极端——那就是，谈社会不谈诗。

也许在两个嘈杂的声响中，十九世纪诗论中一再追问的"何为诗人"值得我们深思。

18

我们写诗谈诗主要是就诗论诗，不必刻意追求写诗的动机，但是诗人无形的心态却左右了诗的层次，甚至辨明诗或非诗。

诗人绝不像水仙在水里的梦境中自叹自怜，他关心大众，但不取悦大众。他在现今喧嚣的人世中找到定位，但他放眼的是沉默的时空。

写诗不是文字游戏，因为他有强烈的宗教感，虽然他可能不信任何宗教。

写诗是一种独白，在独白中吐露时代的声音。

诗和现实

1

现实的题材是诗人诗艺与想象力的试金石。

有些诗人轻易地说:我从口袋掏出一颗太阳,我从嘴巴吐出两个月亮。诗人可宣称他是想象空间里的主人,一呼一吸中,一颗彗星在战栗中坠落。

2

只要诗人立于他自己的世界里,他有奇想或幻想的自主权,谁也无法干预。但不幸的是诗不是日记,它敞开在读者面前,侵入读者的意识。

假如诗本质上就是要闯入他人的世界,诗人怪诞的奇想可能是对别人的一种亵渎。文字的奔泻也许被诗人自许为超凡的想象,但对读者来说,可能是精神错失的呓语。

3

诗人足以自重的,不是他有口出呓语的权利,而是他以文字赋予外在世界一个秩序。

从天才的火花散射到凝聚火花成为一盏灯是一条很长的路。

很多俗人僵化在现实里，而很多诗人需要从他超现实的世界走入现实。真正的成熟不是漫无节制的奇想，而是投入自我和外在世界的辩证。

4

对于诗人最大的考验是让他以诗处理一个熟悉的事务。一个超现实的事件，读者无以辨识其真伪，但一个现实的题材，却可轻易洞察其深浅。

诗和音乐一样，听众最熟悉的曲子可能最难弹奏。

假如一个诗人只能描绘神话或梦境，或以文字强说禅，表象是他不屑面对现实，实际上可能是让自己诗艺的本貌曝光。

5

超现实是诗人的一种思维方式。诗或多或少总有超现实的倾向，但诗人并不就此遁入一个所谓超现实的世界。

诗心基本上就是超现实，它以诗的语言正视现实又摆脱现实的规范。人受现实羁绊，而诗人以如此的诗心跨出生活既定的步调。

6

现实事件撼动人心，诗人的感受最敏锐。但诗人个人的感动和诗作的感动人是两回事。正如艾略特所说，诗不是表现情感的强度，而是艺术处理的强度。

诗人以文字发声，而不用嘴巴呐喊。诗最沉重有力的声音是诗中的沉默。

诗是沉默中的回响。若诗人坠入自己情绪的旋涡，诗作只流于一种控诉。

7

有时，人经历现实的撞击后更能看清自我。一个在梦境里遨游的人常在顾影自盼的凸镜里膨胀。

他不必面对他人，故从未想到自我是否消失，但面对现实的诗人，从现实看到自我身份濒临丧失的危机感。

8

当诗沦为诗人的工具时，诗人已不存在。这时情绪驱策文字，声浪淹没沉默。

若是诗人以诗为工具，事实上是使自己成为现实的工具。诗人不再和语言对话，诗的语言遁走，只留下散文式的文字供情绪倾泻，供口号传输。

9

当文字只用来传达讯息，诗人也同时掏空诗的本质。以现实为题材的诗，要在现实事件过后，检验诗作是否还能维系它的新鲜感。诗人要面对人生，但诗并不是为了解决人生的问题而存在。

10

诗不是报道事件，而是对事件的感受。适度超现实的诗兴有时更能表达对现实切身的体认。超现实的思维本身无罪，关键在于是否真诚自然。

超现实不是技巧的演练，也不是文字的游戏。“爆竹翻脸”在现实世界里似乎违反常理，但年节燃放鞭炮之际，从矿坑传来噩讯，爆竹炸裂如翻脸，喜气瞬间升腾成愁云。

诗是从肉眼所见之实转至心眼观照之真。此时超现实的语言能触及现实的伤痛，而不使诗流于煽情和呐喊。

11

写诗是诗人从现实抽身，而在文字的世界中审视现实，但抽身之前是心神的投入。诗的肃穆沉静却要基于写诗前情感的激荡。

写诗是诗人诠释人生，而这个诠释要来自于有感的“阅读”。没有现实就没有诗人，但写诗又要从现实中跳脱，诗因此是现实和超现实的辩证。

诗和现实的辩证

1

诗作永远离不开现实，即使诗人隐藏于表象的禅意和与世隔绝的自我。诗作是和现实辩证的结果。若是诗人一意躲避现实，现实仍然如影随形。

2

诗人不能躲避现实，因而转趋面对现实。诗作并非哲学的论证，它经由妥适的说话者表达对现实的感悟。透过说话者的声音，语言给残破混浊的现实一个秩序。

3

二十世纪六七十年代，台湾有些诗人隔着海峡思乡。意识抽离实景，追赶记忆或想象家园。诗是个人切身的感受："我"是说话者也是叙述者。故国的景象夹带江山的伤痕触及内心的隐痛。以"我"叙述可以传达这种切身的临即感。

4

但思乡易于渲染情绪，以“我”说话有时会使诗行坠入煽情的奔流，而使诗变成情绪的呓语。这一类思乡的诗也不乏这样的作品，诗中的“我”在“动情”之后无法站在适当的美学距离和语言对话。

5

二十世纪七十年代，台湾诗人审视周遭现实：放眼所及，现实摊开社会转型中滋养的病菌；仔细聆听，阴暗角落里有不同频率的呻吟。诗人是人文主义者。

但有时血淋淋的事实却引发赤裸裸的控诉。有些诗变成口号的传输和呐喊，有些诗变成固定讯息的传递者。诗人忘记了谁在说话，该怎么说话。

6

诗不是报道事件，而是把诗导入戏剧性的场景。

二十世纪八十年代成功的诗作是如此努力后的结晶。戏剧性的场景中，说话者配合情景发声，以意象思维，而不擅加议论。他是个“角色”，而不是主题的代言人。他呈现撞及心坎的惊觉，但不是宣泄情绪。

7

因此，有时诗和小说一样，诗中人或是隐藏作者并非就等同于真实诗人。隐藏作者的“我”和说话者的“我”也不一样。

8

在诗中将“我”戏剧化，即使诗人的“我”从诗作中抽离。这时诗中的“我”事实上已是“他”的化身。

诗人作品的提升在于从只能写自己转进到写他人。

老兵、雏妓、补习班的学生在诗中以“我”言语，诗人的自我隐退，他不再将诗作禁锢于自我有限的经验。

9

诗人所观照的现实并非现实的复制品，正如美国诗人华莱士·史蒂文斯(Wallace Stevens)说：并非文学反映人生，而是人生反映文学。

现实的事件经由诗人的思维而显露真实感。意象是人的思维，是诗人意识投射的结果，有别于客体事件的形象。

诗是人意识构筑的世界。从诗兴的涌动到落实于文字，诗人赋予物象人本的精神。

10

人本的精神是诗存在的理由，也是现实“模仿”的对象。若是人生反映诗的世界，现实僵化的思考模式将瓦解。

若现实以诗为理想国，所有表象的掩饰将层层剥落，所有虚浮的象征将自我解构，我们面对的将是无数充满变数的符号，指涉不时涌动的见解和创造力。

11

诗可能是人本和格物的交融。以人的诗眼看穿现实的本貌，以意象呈现诗的本质。格物并非分析客体物理的特性，而是展现人互动时重新界定人和自然的关系。

诗兴涌现的刹那，诗人逼视物中人的影子、人性和物性的映照。在文字的天地里，若是没有人的思维，物并不存在。

12

写诗因此是诗人在某一瞬间感受到现实或客体对内心的冲击。

诗人在那一瞬间看到生命在例行重复的日子里苏醒，生命在因循的轨辙里歧异，而走上“正途”。

人在这一瞬间惊异于客体的凡中带奇。

13

写诗是诗人对人生的阅读和诠释。诗因此要有生命感。

现实咄咄逼人，时光流转，诗人有感于万物在时间下的摧折，常陷于瞬间的空茫。写诗是空茫感后的无中生有。

以数字算计日子，生命很有限。时光的锁链拉着人的双手离去，诗人在黝黑的隧道前回首作明亮的一瞥。

诗人只冀期这瞬间对现实的一瞥能在诗中展延，尽管随后他将坠入无止境的黑暗。

诗不是现实的装饰品

1

物经由命名而在人的世界存在。命名的动作使物在意识里成形。物因此在人眼中有形象,诗再使形象转化成意象。

2

意象经由语言而存有。意象本身并非存在于现实世界,语言让其存在。读者看到形象的脱胎换骨,看到一个迥异于现实世界的世界。

3

诗语言使形象转化成意象,因此在某些体制的检测下,诗会带来现实的骚动。

由于意象是意识的产物,在现实中无以印证,因而可能被认为虚幻,是不实的想象,类似一种抽象说理。

4

但,诗所要摆脱的就是抽象说理。一般人误解诗抽象,殊不知一个数学方程式才抽象:九开平方为三。开平方难以可视化,纯属抽象的逻辑理念。

5

诗也避免说理,它不是哲学的脚注,虽然一首诗可能极富于哲理。诗的哲理是诗人的意象思维。

意象不是形象的直接投射,但可借由想象在视觉中成形。“季节的光束穿透记忆的骨架”,不是现实的情景,它是思维的升腾,跳出形象既有的外框,化身变成意象。

6

意象似乎是虚的,因为它不是外在事物的显影;但它也是实的,能透过心眼的观察可视化。好似季节凝聚成一道强光(如X光),穿透人体,显现岁月和记忆构筑身躯的骨架。

意象叙述不是数学方程式,因此不抽象;它借由意识沉默的本质,道出生命的轨迹,但不流于哲学的论证和说理。

7

意象不明言，但却富于人生的哲思。意象静默无语，却留下重重无声的回响。

诗是诗人和语言的对话，因此它不是诗人原始动机的滔滔雄辩，也非抽象理念的霸道或强权。

8

语言，是无形的生命，诗人和语言的对话是两个存有的意识交感。

当诗人的自我凌越语言，语言遁走，诗变成自我的投射，文字服膺诗人的意图，诗作乃变成强词说理或情绪的倾泻。

诗的语言不是字典里的意义，因此不是诗人的工具，它不像茶杯，可“用”来盛水，也不像手帕，可“用”来擦眼泪。语言不能“用”来写诗。

9

语言的工具论是把诗贬抑成小学生的习作，以为只要搬用字典里的单字就可以写诗。

但“冬日，茶杯包容午后的苦涩”中，语意从字典的规范中游走，语言的生命也非作为工具的茶包可以包容。

10

当客体的形象转成意象,语言展示了它的生命。意象是诗语言的存有状况。

由于意象所构筑的现实是基于既有现实的重整,诗的语言将带来现实世界的冲击,形象势必被意象所取代,命名的过程意味着许多名词的涂消。

但所谓诗对现实的冲击,不是暴流卷走泥沙,而是微风在现实湖面上所留下的涟漪。涟漪是否能让湖面留下永远的皱纹?还是微风过境,一切没有痕迹?这不是诗人必然要问的问题。诗只是以微风的形态宣示存在。

11

诗人借由诗作保存存有的完整性,诗所要触及的就是诗人对自我的忠实。诗的世界无形中变成现实世界的反差,因为现实生活是妥协的结果。

诗人心灵的肌肤可能在碰撞摩擦中淌血,生活甚至必须截除一些棱角才能配应现实的模式。

假若语言是现实的工具,诗人将变得口吃,欲言而不能言。

12

诗在文字中创出新的世界，现实既定的思维被打散，形象重新整合成不同的骨架，现实所要因循的在诗的语言中瓦解。

诗的存在预示现实世界的危机，因此一个思想僵化，以政治干预文学的社会，不是把诗人视为社会“进化”的祭品，就是刻意淡化诗的影响力。

13

除非迎合现实的趣味，诗人地位的认定通常要经过时间的落差。

因此在和现实的辩证过程中，每一个时代都有两种完全不同的诗人。其中一种是侦测现实取向的风向仪，诗人掌握了大部分人品味的走向，他在诗中表现了和这些人酷似的思维模式，而引起大众的共鸣。这些诗作涵盖面甚广，从所谓的工农兵文学到以娇柔文字宣泄情绪的滥情之作。更重要的是他以散文的思维方式写诗，除了分行“看”起来像诗外，所谓的诗作实际上是地道的散文。

14

在这个时代，严肃诗人将以极尴尬的心情面对诗集的畅销。因为诗集畅销意谓：所写的诗是以情绪取代情感；表象的诗是实质的散文,他迎合了大众的口味。事实上,这是严肃诗人的杞人忧天,因为他的诗不可能畅销。

在这个时代。严肃的诗人总体会到:教育的普及造成阅读水平的低落。

15

意象是诗人和语言对话后静谧的尾音。诗摒除散文喧嚣的本质,诗人在文字中所指陈的是沉潜的情感,而非情绪。

在这个时代,诗的读者是一张张深沉的脸孔,而不是在梦幻世界里神游的少女,也不是聒噪的政客或股市投资人。

16

以阅读报纸头条新闻的速度读诗后,就急着赶赴股市,诗被控诉为难懂乃是天经地义的事。

严肃诗人不是逃避现实,而是在诗中还以现实原有的面目。当现实被涂抹粉饰,诗展现了存有的开口。当世人为现实的鞭炮而眉开眼笑时,诗以沉默暗示他们已耳聋。

17

因此,诗在这个时代变成双重的否定,正如马丁·海德格尔(Martin Heidegger)在论述贺德龄(Hoderlin)时所说的:诗所直陈的神已不在,新的神还未来。诗陷于时代的缺口,时间的断层。

现实低俗如是，盛唐的诗风不再，所有名字被呵护成典籍，被炫耀中华文化的教授作为饱学的依据，被政客引用作为从政的凭恃。

中国文学似乎随着清朝的皇室断了正朔。中文系在考古中缅怀悠远的唐宋山水，无视今生今世已有多少诗篇。

18

现实的狂风卷起多少名字、脸孔和海市蜃楼。诗集可能只是用来作为钱柜的垫脚。这不是诗的时代，但是是充满诗意象的时代。

19

诗不是现实的装饰品，甚至也不是文化的表现。文化低俗，诗反而深厚潜沉。当现实漠视诗的存在，诗人反而看到一条崭新的思路。

诗人何其不幸生在这个非诗时代，诗人也何其幸运地生长在这个最能刺激写诗的时代。严肃诗人体会到诗在现实世界里的似有似无，但诗人在茫然的视野里还是看到诗存有的一丝亮光。

诗人的过去

1

过去的时光是很多诗人诗作的源泉。回忆带有苦涩的美感。诗似乎再现了往日的笑声和泪影。

2

回忆是人在无波的心湖中撩动涟漪。

“我们所欠缺的不是‘未曾’,而是‘已不再’。”

诗人从记忆中抓取的是一个似真似幻的脸孔,一个似虚似实的手势。记忆中的往事暗指记忆的破碎和残缺。

一个脸孔可能夹杂不同脸孔的表情,一个手势可能被另一时空的手势介入。

3

“过去”的涌现往往是眼前某一景象的触发。联想和想象在时空的不同点快速穿梭。

记忆打破客体时间正常的次序，反使诗人在瞬间重新拥有“过去”的假象。但从想象中归来，从记忆中反复实现，诗人再度感受时光流逝的空茫。

4

“过去”的显现经常是一个凝聚的意象。往事的浮现不是经由原有事件的顺序。它不是让人反复追溯一棵树从种子发芽、生根、成长，到蔚然成荫。它可能是一个树干的切面，从切面看出时光纵横交错的纹理。

5

诗的意象不是在叙述或说明事情发展的始末，而是借这特异的瞬间看到过去的吉光片羽。它不言明过去的点滴，但读者透过这饱满的意象凝视闪烁的往日。

6

假如“过去”能在时间的缺口中成形，人，尤其是诗人，就注定要重复这得而失、失而得的无止境的轮回。诗人知道跳开循环，就可跳开过去的阴影，而展望未来。但诗人命定要在这个旋涡里浮沉，从记忆得失的两极震荡中，诗人“坠”入语言世界。

7

诗是记忆成长的果实，因为诗是诗人面对茫然往事的响应。

诗人以写诗纾解因为读诗所带来的心情波动。创作是诗人对作品最好的诠释。

8

感悟“过去”的不再，诗人更珍惜现在的每一刻，虽然目前这一刻也即将过去。

任何一个瞬间都可能是形象转化成意象的契机，若让其轻易流逝，就正如十九世纪英国美学家沃尔特·佩特(Walter Pater)所说的，我们竟在冬天既有霜也有阳光的白天里昏睡。

9

诗人写下一个殷实的“现在”，累积成丰富的“过去”。

因此，不仅是“过去”介入“现在”而完成诗作，抓住“现在”的某一瞬间，正是让“未来”有一值得回味的“过去”。

“现在”并不是绝对性的存在，一切都将由“过去”统收。

10

诗人所观照的不仅是个人的过去，还有所处时空的历史。

历史感的意义是：诗人经由“过去”而在“现在”中找到立足点。

“过去”是无明的标尺，告诉诗人已有的存在。所以当一个诗人有历史感时，并不是他在重现某一段“过去”。艾略特早就指出：传统并非考古。

“过去”、历史、传统相互交融成绵延的一线，诗人现实的立足点是展延这线条，而不是重复线条的某一个片段。

11

诗人以“现在”和“过去”的标尺撞击，而产生火花。

“过去”和“现在”交互辩证，正如艾略特所说：“过去”指引“现在”，“现在”改变“过去”。

历史意识也像回忆的模式。掌握一个已逝去的时光是诗作的原动力，但事实上一切都已过去，不能还原。

12

诗人的历史意识有助于他的创作和阅读。翻阅文学史，对于一首诗的评价要将它放回原来时间的定点，才能体会它的价值。抛开时间烘托的框框，当代的读者可能会觉得莎士比亚的剧本，充满巧合和不必要的暴力。

13

诗并没有给人固定不变的感受。读者的美感经验随着时代的改变和个人的差异而变易。特定时间无法将诗的意义封闭。

14

诗并没有自主性的意义，可以独立于充满变数的阅读情景之外。

在“过去”某一时间所创作的诗，历经不同的“现在”，有不同的面貌。个人和环境交互影响，诗作也和时代交互影响，所谓特定的“过去”已经由不同的时代和个人变形。

15

以创作的眼光来说，知道诗在“过去”中所留下来的足迹，可使诗人避免重蹈覆辙。假如用现代的眼光去评断浪漫诗的浅薄，似乎有些不公平，但若是一个现代人仍然写那些表象的情绪，则注定是想象的苍白。

16

许多浪漫时期的诗给人错误的印象：所谓诗就是小王子、小公主的恋爱，是少年强说愁，是星星下情人的叹息，是月光下的海誓山盟。

有些浪漫诗人所描写的人生，大都是少男少女的梦幻，没有人生的沉潜，好似人一生就只为了恋爱，除此之外，其他都微不足道。没有亲情，没有友谊，他们看不到街道暗处在寒风中告别人世的小人物，更看不到议场上民主被当作商品贱卖。

17

也许浪漫是成长的阶段，是诗人最富于色彩的“过去”。诗作是这时情感露骨的表白。

现代人在年轻时写这些所谓的浪漫作品，可能自认感情真挚甚至自许为立意新鲜，但他却不知道这些是十九世纪某些浪漫诗的余温，类似滥情的文句，早就在廉价的情书大全里流转复制。

18

若已过浪漫之年而仍写这样软调温情的诗，写诗的人只陷溺于个人的“过去”，而不知道诗随着人类的成长也有它的“过去”。

19

并非诗人不能处理男女情感。但抒情诗要摆脱煽情的阴影。激情可能经由和他人意识交感而变得冷凝。

感情并不等同于娇柔喟叹，它还包容生命的深沉肃穆。

20

感人的诗行并不在于情绪的狂喊，而是触及生命时的令人动容。当一个年轻人能使情诗语调变成沉潜，他已从历史的集体意识中看到诗的“过去”。

21

当一个年长的人描写情爱，其抒情的不是情人浑然忘我的呓语，而是使那激情的“过去”融合无数在时间中成长的“现在”和“未来”。

22

不论诗人个人的“过去”或诗的传统，记忆或历史感都不能使诗人走进时光隧道，回到过去某一特定的时间。

回忆是存有难以避免的意识，“过去”在意识里垫底，但诗人任何追思往事的诗行或意象，只存在于“现在”，而这个“现在”绝不是“过去”的重复。

所谓永恒

1

诗人以书写空间面对时间的洪水，洪水过后，存有是否能步入永恒？

永恒是诗人面对罔无的寄托，但实际上可能是罔无的化身。诗人生命有限，而诗是使有限变成无限的假象。

2

诗刊里的诗在出版的那一个月好似崭新生命的开始，但随之即在书桌或书架上收集灰尘，终至发黄脱页。有些幸运的被装订成册，成为档案的一部分。而档案的累积终会导致档案销毁的一天。

3

报纸副刊上的诗有较大的读者群，但一天过后很快就会变成油条的包装纸，或是因为包扎废弃物而变成废弃物。有些幸运的在剪贴簿出现，但诗中的意象终于被蟑螂一一吞噬。

4

不论在诗刊或报纸副刊出现的诗，最好的保存法是结集成书。但诗集的寿命也极有限，滞销的诗集常被当作风渍书处理，辗转流落至旧书摊，而封面褪色的诗集也常被从个人的藏书中放逐。

5

诗集是诗人个人的纪念，时间使诗集变成一个名词，其中的诗已被人们遗忘，诗人只能借此告诉世人：我曾经写过这样一本诗集。

6

有幸进入各大图书馆的诗集也难免时间的摧折。信息发达，数据膨胀，一个时代众多的文化结晶总在下个时代变成稀有物。

个人心目中自以为是的心灵瑰宝，经常在另一个人或另一个时代瞳孔的过滤后被送进焚化炉。唐宋的遗物有多少？遑论春秋战国当时的用品。虽然考古学家在地层下日有发现，但所出土的毕竟不足一个时代整体之万一。

7

我们不是在文学史上看到屈原的《楚辞》、李白的诗吗？历史上留名的诗人让人误以为写诗可以不朽。殊不知他们是千万诗人中的幸运者，并不是每一个诗人必然的结局。

所谓永垂不朽，至今看来也不过三两千年的历史，谁能保证再过三两千年他们的名字还在？也许商朝以前就有伟大的诗人，他们是谁呢？

8

即使名垂数千年，比之人类四五十万年在地球上的岁月，不过如一日时辰中分秒的滴落。

所谓永恒是人类命定面临空无的自我梦幻。没有一个人愿意承认这是空洞的梦，因为这个梦使人短暂地存有一个期冀的假象。

9

但是唯有诗人体认到人的存在本体，体认到诗只存在于现在，诗人才真能看穿真实的人生。

传统的诗人总被涂上浪漫绚丽的色彩，在花前感叹，在月下吟诵，而将如此娇柔的诗词寄托给“永恒”。

永恒是失去五官的面目。它是扁平的抽象概念，留给某些诗人意淫。

10

当诗人从永恒中醒悟,他所看到的是涓滴存在的瞬间。诗人不再以未来作为一切自我延迟的借口,因为没有所谓的未来,只有现在。

11

当诗人把任何一个时刻,当作存有唯一残存的瞬间,生命在这个瞬间迸出火花。

济慈未及三十就告别人世,而他的"晚年"时时有时光催迫的影子,写诗是死亡逼近前生命的活动。诗是生死激荡下的产物。

12

也许诗人对"死"的本体认知是两极的。一方面死的阴影亦步亦趋地笼罩诗人的意识,诗作在阴暗含悲的气氛下成形。死使诗富于人生的肃穆,这正是诗的本体。

13

另一方面,诗人面对"死"沉思,"死"随时完结诗人的思想语言，死使一切具象变成抽象，诗人在瞬间看到万物的因果、世事的轮回。

一个撼人的意象随着纸张的飘落、记忆的褪色飘离文字，诗人所坚持的是此刻的真实，诗人的悲剧性就在于看清人世幻灭的本质，还在力求写诗瞬间的充实完满。

14

诗人写诗犹如颈项感受刀刃的冰寒时，嘴巴还在尚有的余温下吐出此时此刻的存有。

写诗正如即将坠入黑暗前，面对最后一丝光线的浅笑。

诗是存有在虚实间的摆荡。它发出类似时钟的滴答，一方面告诉世人时间无形的魔影，一方面以即将暗哑的声音，标示存有一秒秒地消失。

15

写诗因此使存有在濒临灭绝时突显，诗人的存有在危机感中确立。

十九世纪拉尔夫·沃尔多·艾默生（Raplh Waldo Emerson）说，当一条小舟翻覆，人只有独立不使自己溺毙，才能保住自我。

存在主义精神的可贵就在于：即使存在终究变成空无，人还是要掌握目前的存在。

16

明知翻滚巨石上坡不可能，还在做翻滚的动作。当人知道一切可能的结局，还能不顾结局，正是人的可贵，也是存有既定的悲（喜）剧。

人只有在死亡边缘，才能真正看轻生的本貌。

17

诗人的可爱和可悲就是明知没有永恒，还努力使眼前的一分一秒点滴聚集成永恒。

诗人也只有看破永恒的假象，才能显衬出他不昧于现实口味的可贵。

18

当永恒的真相被揭开，永恒再也不是诗人存有之依据，一定有许多作家，包括诗人，转趋以现实的趣味为依归，写畅销作品是作家应时的产物。

19

严肃诗人的可贵是：他看清没有永恒，但他绝不书写得以畅销的作品，他不被当下喧嚣的声音所淹没，他只面对沉默的时空，虽然他知道自己终究要沉默地在这时空中消散，不能永恒。

从符号到人生

1

诗在所有文体中最神秘。诗用最少的文字却能放射出最深邃的语义。到底诗的字里行间蕴含什么特殊语码，或“超自然的力量”？

2

能感受到这些“超自然的力量”必定是不平凡的读者。诗是意识融通的交会点，而读者要感受语言的奥秘才能融通。

诗并不是为任何人而存在，它有相当大的选择性，读者要对诗既有的成规有所了解，对语言敏锐，对人生有深厚的感悟。

3

任何文体都有它特有的成规和语码，诗也不例外。文字的排列形式、韵律和典故，一个有经验的读者大都可以依据既有的文化或传统解读。

进一步,读者可看出诗行是某些诗作的重复、因循甚至是抄袭。

再进一步,语码使某些讯息变得精简,是彼此基础的感知,而不必累赘说明。

4

当一个诗人写道:“在青苔的石阶上跌倒”时,读者可轻易掌握到青苔作为时间的符号、时间为人生进阶的表征。诗显然暗示诗中人在人生努力的过程中,受到挫折。青苔、石阶的语意已输入诗学的语码。

5

但熟悉诗的语码只是诗学的基础,正如注音符号和单字只是语言的起步。诗之所以神秘,就是从这些语码延展出来的朦胧性和未定性。

6

能够激发读者想象的关键,在于诗行中语义的未定和留白。

诗借着意象转化理念、物象,而构筑读者的回味空间。遵照语码的诗必定僵化如数字:诗的要素变成固定的文件,有关诗的言谈变成事实的举发。若是如此，计算机最适合写诗。

7

以意象为符号，本体上它就不是客体的复制品。

符号不是被指涉物的血肉之躯。若以“像”作为指涉的准则，符征是符旨的转型。

符号学家安伯托·艾柯(Umberto Eco)说，所画的马很难说就是客体世界的马。画中的马以一条黑线作为马的轮廓，但真实的马，只是马身和背景的对比，这个对比的临界处并不是一条黑线。

8

意象也非客体在镜中的显影，因为这只是自身的重复。

意象存在的意义，在于客体形象已从现有的时空中缺席，而不是符征和符旨为连体婴并立于现场。

形象的远离现场赋予意象的自主权，诗人和读者以意象作为想象的核心。

想象的活动，也不是还原或复制那已经缺席的形象。

9

但意象若有所指，符征的“手指”指向哪里呢？他指的是和自己性质相仿、语意相近，但容貌不一定相似的符旨。

符征和符旨，有邻近感，但邻近所指的是精神上的感受，而非真实的距离，正如海德格尔所说，邻近和邻居不一样，符旨大都已不在现场。

10

符号最有趣的是：有时符征和符旨有对应的邻近关系；有时却是有符征没有符旨。符征和符旨之间有一横杠隔离，无法对应。

前者是诗人透过意象看世界。诗虽非复制现实，但也非和现实两相弃绝。意象曲折遥指现实，虚中透实。

后者是解构学最常强调的观点。符征不一定指涉，它有全然自主的嬉戏空间。

11

有些解构学者相信诗和人生或现实可以毫不相干，诗艺的展现就是游戏策略的运作，文字和物体不一定对立，就像英文里的介系词不是实物的投影一样。

12

但若诗是文字的艺术，诗就不可能摆脱人生。文字是人文进化的标记，是沟通行为的标志。既有文字，就有人生。

介系词虽不指涉任何实物或客体，但它仍牵连了物和物、或人和人、或人和物的关系。“书的第一页”这句话中，“的”当然不是实物，但它造就了“书”和“第一页”的关系。

13

符征和符旨间不能相对应，只是显现意象不一定指涉意念。意念也许和实景相违，但这不仅不表示诗和人生无关，而是显现诗人心目中最真实的人生。

14

真实人生里，表里不一、名不副实的事例不胜枚举。诗人常看到表象金碧辉煌的场面、冠冕堂皇的言语，其实掩藏了不忍卒睹的行径。超级市场的“大号蛋”已很小，而小如鸽子蛋的叫作“中号蛋”。商人的牛肉面里面是马肉，肥大的蔬菜有害身体，顾客要在叶片里找到一两只菜虫才能保证食用后的安全，政客右手举手发誓选举绝对公平，左手开始做票。

15

有些笃信后现代主义的批评家，相信诗只是文字游戏，不相信诗是人生的映照。

诗也许不是反映人生，但它仍是对人生的反应。

现实名不副实，符征背离符旨，诗人的反应是：让表象的结构崩溃，来反讽现实价值观的崩溃。

16

严肃的解构诗实际上可能极富于结构，只是解构的定义放在不同的层次。

当诗人以文字表象的游戏讥讽（反映）人生的杂乱无章时，所谓游戏实充满了无奈和叹息。

诗是苦涩的笑声。诗的结构也建立在这种解构的基础上，诗因此有了严肃感和生命感，而不是要弄文字的雕虫小技。

17

解构也可能是诗人关怀现实，但又避免在现实中撞得头破血流的方式。

诗人总和现实捉迷藏，讽刺中夹带潜藏的关怀。

诗人由于太关爱这个世界，所以不能写歌功颂德的诗。

诗人在悲哀的语调里展望一个欢笑的时代，但当那个时代已到来，他又让世人注意到在红绿灯之间徘徊的一条三脚狗。

18

诗中的现实总是虚实相济，语调绝不是口语的直接投射，观点和意境也非一般习以为常的人所能感受。

诗让许多人觉得朦胧，语意未定。稠密的语言势必难以语意透明，诗因此也变得格格不入。对于这些读者来说，诗有一个难以跨越的门槛。

19

但对另一层次的读者而言，严肃诗里的朦胧性反而变成一种邀约。一首对于生命有感觉的诗，语意再迂回，这些读者都大略可以感受诗境。感受朦胧中意象造景的自然感更是一种惊喜。

读者一面随着诗行感应生命的跃动，一面在语言峥嵘的风景里漫游。好诗就是为这样的读者而存在。

诗的门槛

1

诗的存在，主要是因为有一无形的门槛。并不是诗要自我设限，而是门槛的有无意谓诗是否能存续或自我瓦解。

诗人跨过诗的门槛，意谓从此他才算是真正“开始”写诗。他微笑地响应想象的邀约，呈现意象宁静的姿势，在宁静中延续诗亘古以来的金石事业。

读者跨过诗的门槛，意谓他能享受意象的宁静，他能看穿众多作品的聒噪，能体会诗中人迂回的语调，能够感受文字空隙中的大千世界。

2

诗人在生活的空间上，盖设生命的屋宇。诗人经由语言肯定存有。诗的语言从周遭粗俗的口语中挣脱，而在平地上展现空间存有的形式。

这不是所有肉眼都看得见，所有的手指都摸得到的房子。

终日冥想权力斗争的政客已盲眼，整天注意股市行情的投机客没有感觉。

3

但，这时代，有人却责怪诗未能大众化。何谓大众？难道是这个岛上嗡嗡乱鸣的蚊蚋？

诗人内心仔细斟酌，他可能听到两种对比的声音。每一种声音都紧密牵系着诗和诗人存在的状态。

4

有些诗人从其中一种声音中“醒悟”，以粗浅说明性的句子冲淡诗行的浓意。诗人将原有的屋宇视为违章建筑，不等建管处动手，自己就夷为平地。

于是平地起风云，一些零散的意象在风中飘散，诗的语意溃灭。所谓诗当然已不是诗，但诗，因不是钱币，也未能大众化。

5

另一种声音是：抱着和诗共存亡的念头，以语言揶揄现实、反制现实。唯有坚持诗精致稠密、隐约含蓄的本体，诗人才能在诗的界域里勾勒自己的身影。

大众逐色征歌，诗之孤立乃是天经地义的事。十九世纪王尔德的言语萦绕于耳际："和四分之三的英国人意见歧异是心性正常的明证。"

6

诗人要满足于自居少数的身份。若是全台湾两千万的人都能写"诗"，也意谓诗早就在这个海岛蒸发销蚀。

正因为诗是少数人的意象思维，诗才有创意，但一旦有创意，大众热烈的掌声反而变成一种反讽、一种揶揄。

7

但诗人并不是有意弃绝群众，因此前一个掌声衍生另一种声音：诗人要保有诗的存有，绝不会去拆除诗的屋宇和门槛，但对于有心要跨进这个门槛，却常绊倒的人又如何？

8

诗的门槛是由诗的语言构成，而所谓诗的语言，不在于诗行的修辞或典雅，因为这些都是表象的装扮；诗是以意象的小石掉入水中所产生的波纹。

9

有些人努力使自己变成雕像,但在诗人的眼光中,雕像最主要的收获是:每天可以在酸雨中沐浴,每天可以用巨大的肩膀与头颅收集鸟粪。

有些人向往政客在政界和金融界里翻风覆雨,但在诗人的眼光中,政客只是一枚铜币,在人们的手指间辗转发亮,渐渐地丧失了颜面。

10

因此,要跨进诗的门槛,首先是要自己从习惯性的反应中解脱。十九世纪的英国美学家沃尔特·佩特(Walter Pater)曾说,人一旦养成习惯,就已注定失败。

日子烦琐单调,人只有使每一刻都变成独立的瞬间,每一个瞬间因而布满各种惊奇。

只有寄望明天不是今天的重复,今天才值得活下去。

11

如果所有的见解都不因循既有见解的轨迹,所有的形象和客体就会变成丰富的意象。以新鲜的眼光看世界的新鲜面,会发觉自以为熟悉的竟然不熟悉。以这种眼光看诗,诗的门槛就很容易跨越。

12

在一个中学只有语文教育，而没有文学教育的时代，在一个老师只讲解作者生平和转述批注，而未能导引学生感受意象的情景和语言的生命力的时代，许多读者面对诗的语言如面对外国文字。

但若是对生命周遭的事务经常观察且思考，保持好奇灵敏的心境，诗的门槛早已化成邀约的手势，举脚的刹那，可能已是具有创意的读者步入屋宇、深入诗的堂奥，甚至已是一个诗人。

诗和语言的对话

1

语言有两种层次。

一种是字典里的意义。一般认为语言是思想的工具，诗人不过是驾驭语言的人，大都停留在这个层次。

另一种层次是把语言当作有生命的个体，诗人与语言的关系是相互间的对话。诗写得好，不是把工具操控得好，而是他与语言处于一种融合的对话状态。

有人常说："这个人思想很丰富，只是语言不足罢了。"实际上，这句话的立论千疮百孔，因为语言暗示思想的层次。语言的精准就是思考的精准。

假若语言只是工具的话，那么就可以随时拿出来用。但在许多令人激动的场面中，诗人很想写却写不出来。为什么？因为语言不是使唤的工具，不能呼之即来、挥之即去。

2

有时，处于震撼感动的一刹那，诗人会突然感觉语言在前面跑，他在后面追；不是用有形的肉体追，因为语言是无形的，所以诗人便转化成某种意识。在追赶中,也许语言会回过头看他一眼,给他一个眼神,然后文字就出来了!诗是诗人的意识和语言交融的产物。

3

文字的前后文决定这一段文字是否为诗行,但诗行的累积并不表示这是一首诗。诗的语言在文字的前后激荡。

有些文字个别看来平淡无奇,但前后相对照,奇景叠生:有些文字个别看来妍丽浓郁,但前后相比,却失之堆砌。

4

诗似乎不适宜说成是诗歌。诗与歌不同。歌者,一听就懂。诗者,在听到与感受到之间,有时间的落差。因为,诗的语言不是歌的语言。

诗是读者一面追赶时间而一面又是时间落差下的感受。

5

诗取之于音乐性不在于音符,而在语音之后的回响。

有人攻击现代诗没有音乐性,是指配合声音押韵而言,但现代诗的音乐性是类似某种回响后的尾音,所以诗是无声的回响。

好的现当代诗不押韵,却有丰富的韵律。韵律显现的不仅是声音,还有形象;不是机械性的节奏,却吐纳出生机结构的呼吸。

6

写诗是诗人的独白，但独白的句子却彼此对话。若诗行之间是一种交谈或对话，诗的进行就不是诗人一成不变的原始动机。

诗兴可能起一个意象，当意象转化成文字，前后的语音诞生而成回响。

文学所谓“交感”可能是诗人和周遭情景的对话，可能是读者和作品的神交，也可能是诗行进行中，在一黝黑的隧道中试探回音。

7

诗行的言语和回音共鸣时，需要保持各声部的平衡，回音可能引发下一个诗行的声音。

声音是诗人写下自己存有的标记，它在静谧中过滤其中起伏的噪声，它在沉静中发出声息。

8

诗行必须在沉默中聆听另一诗行的弦外之音。诗行彼此都有自我，但这些发出自我的声音，统筹汇集成众声交响。

诗的声音也就是诗人调和诗行间的对话。诗行间，语言不一，但异中求同，它不是节奏，而是合奏。

9

诗行合奏的是沉默的语意，而非只是表面的声响。

因此有一些念起来极像诗的诗行不一定是诗。这些“诗”或者铿锵有声，或者温柔婉约，和谐有致，都易于引发读者的激情。悦耳的声响配合柔美的语调，再加上雕琢的辞藻可以掩饰贫乏的意象。

读者只要将这些诗行略微翻译成外语，美丽的外衣褪去，暴露的是瘦削无以成行的躯体。

意象是对诗人最大的考验，而写这一类“诗”的人由于拙于意象之经营而代之以文辞的华彩，他们顺理成章被大众奉为畅销诗人。

10

由华丽摆荡到另一个极端是平淡无奇。但奇不奇不在于文字是否为文言或白话。

这个时代，白话文是理所当然的文体，但诗里，文字虽然是白话，但时而寓意绵绵，需要读者的“慧眼”加以抽析，时而布满语意的空隙，需要读者的想象加以填补。

时代剧变，五味杂陈，诗人感兴此起彼落，但“兴”起并不表示信息的挥霍，诗中的要求是诗人关怀人生的输出，但若写诗如写陈情文，诗必在控诉的声浪中被淹灭。

11

所谓写诗，事实上就是诗人描述事务、呈现景象的视觉观。诗是视觉里形象的组合。客体的形象经剪辑成意象。写诗的能力也就是诗人透过“心眼”将形象转化成意象的能力。

以“节食无益，新来的消息又让你增加两公斤”来说，诗行的张力在于“新来的消息”和“增加两公斤”间的留白，两者逻辑的一贯性被打断，留下读者冥想的空间。

12

“要多少肺活量才能吞吐满街的尘埃”是意念的剪辑造成的灵视，“肺活量”用以维护人体生机，但必须“吞吐”体外周遭的污染，已暗示个人对这个现实世界的控诉。

但这种控诉由于意象独特的处理引发读者的深思，而不是摇旗呐喊。政治革新的首要条件是语言观念的革新。

诗人最富人文主义的精神，他关心时代和社会，但语言的运用使他的作品不只是讯息的传递者，因为他写的是诗，不是散文。

13

讯息在诗语言中如滚雪球，有时越滚越大，有时因撞击而支离破碎，意义在接受者的诠释中可能逐次膨胀，也可能细弱如微尘。

意义在诗语言的传递中不是邮寄包裹。在邮局寄包裹，放进四本书，除非投递遗失，否则接受者打开一定发现四本书；诗语言的包裹则不然，有人打开可能发现五本书、六本书，有人打开可能觉得一本书都没有。

意义的延伸说明诗语言不只用于传达意旨，它本身也是意符。

14

清澈的语言可使理念一目了然，正如水中珠宝，若水质透明，水清见底，珠宝唾手可得。哲学希望文字或语言正如清澈之水，这样讯息可直入心眼。

但诗语言却不是清澈的水，水中充满杂质残渣，讯息不仅不能映入眼底，而且可能大费周章地摸索而不可得。

15

诗里的讯息可能不是固有形体的珠宝，它可能化身零散的碎片。阅读诗作，读者有如矿坑挖矿、水中淘金。

但诗里的讯息不是在坑里或水里看得到摸得到的纯度百分之百的黄金，它是一块矿石，需要提炼，而最后的黄金正是从岩石、矿屑中抽析取得。

诗语言蕴藏丰富的讯息，它需要有别具慧眼的读者、有能力冶炼成金的读者去发现。

意象思维

1

文字的进行受制于时间，形象展现空间，诗的意象正是以时间性的文字呈现空间性的形象。诗人最大的考验就是意象的经营。

文字是时间性的艺术，因为声音随着时间的流动展现。读者在诗中的感受是借由逐字逐行的阅读，带着探索的心情来感受个中趣味。创作是时间空间化的结果。阅读也是如此。

2

形象经由意识转换成意象。诗是诗人意识对于客体世界的投射。意象是诗人透过语言对客体的诠释，是诗人的思维。

3

意象既然是思维，它就牵涉到观察的角度。意象的轮廓经由语调、叙述人称呈现。

诗人对人生的感受不是借由抽象理念传达。他将一切的感悟浓缩成意象。读者从意象里看到诗人的智力和才情。

4

所有文类中，诗最依赖意象的经营。成功的散文或小说也有意象，但通常和较松散的“散文”穿插。而诗的意象大都环环相扣，因为大体上诗的语言就是意象的语言。

5

意象思维是诗存在的要素。因此，严肃的诗人不仅要求意象有机统合整首诗，且力求各个诗行间经由意象思维而表现诗趣。诗因此得以不流于散文化，文字也非只是交代过场。

6

意象造成个别诗行的精练，有时使诗行变成警句。“爆竹把时光炸成剩山残水”暗指人生的沧桑，是诱引读者吟诵的句子，但这个句子是否是整首诗必要的一环，而非特异的蛇足？意象是否可以透过结构的规范？

7

一方面，意象造成结构，另一方面，又从既有的结构中脱轨。

8

诗的源起可能是一个立意新鲜的意象。如“头皮屑是思想的排泄物”，由意象推演成叙述，而一旦有叙述，就步入结构的规范。

另一方面，意象使诗在既有的结构或逻辑中脱轨。“头皮屑”和“思想的排泄物”与常理或一般思维逻辑完全两不相干。

9

意象使人对于外在世界的言论趋近沉默，把话语变成书写。

人耗费口舌来描述一件事情，来表达内心的感受，但喧嚣冗长的言语不如一个沉静的意象。

意象是思维的转型，它已是诗人观察、联想、哲思的浓缩。它的静谧渗透读者的心灵，以精简取代口语的冗长。

10

口语是人类沟通媒介的雏形。稍一不慎，就大量地流泄，如忘记关闭的水龙头。口语以“量”取代“质”，造成文明的反淘汰。

意象是书写的特质，有别于口语。书写具有沉默的本质，意象闪烁细致的思维，而非既有理念的媒介。

人和人之间的沟通，若力求“质”精进，就在于书写取代口语。反过来说，在使用口语的场合，若是意识到对语言的尊重，就能自我要求文字如书写，要力求以意象代替传教说理，因为意象是最精致的思维。

11

但意象作为思维，绝非使它变成文字游戏的表记。意象跳脱出抽象的惯性反应，从一般的推理模式中解脱，从而进行自由联想，但并非因此坠入语言游戏的布局。

12

语言有其自我嬉戏的本质，在结构中有解构的因子，但任何解构的缘起仍是诗人对于人生或语言现象的感悟。因为有如此的默契，诗人和读者才能有意识交感。

13

若诗以游戏的态度切入人生，人生变得琐碎，无甚意义。若以既定的文字或约定俗成的意象切入诗，则映显诗人思维的僵化。两者都无法真正对人生有感。

14

撼动人心的意象使人感受到文字传输的血流，从文字的抽象造型感觉到体温。

游戏的诗或意象，正如抽离任何感情的数字，而且是一组或一堆零散的数字。

15

意象撼动人心的先决条件，是诗人为某些人生的现象所撼动。

好诗的必要条件，是在文字中对于诗人内心的撼动加以制约，使情感不像水管爆裂的水流那样，到处宣泄。感人的诗和意象，必定是情感的平衡点，造句自然。

诗的语言要自然，绝不是要因循公式化的常理，因为诗的意象，不是人对事物的既定反应。

16

超现实的思维使诗富于巧思，但如何选用自然的超现实意象，是对诗人极大的考验。“我一手举起宇宙”，或是“我从口袋掏出一颗太阳”，所有的景象或行动只是自我无止境的膨胀，和现实全然脱节。

17

超现实思维的重点，在于意象和现实间的虚中带实。

“昨天你的话夹带大量的口沫/今天果然爆发如此的风雨”，本来昨日的口沫和今日风雨无关，但由于人事的变化，似乎体现自然的变化，诗用“果然”将其相连，意象遂由虚入实。诗的语言因此也和现实的常理有另一层次的应合。

18

若是意象和常理逻辑完全相违背，它可能变成潜意识的呓语。手举宇宙，手掏太阳，变成诗人潜在的“自我”膨胀。只让想象无止境地膨胀，事实上很容易整理出一套写作“文法”。

如果我们任意套用这套文法写道：“我一口吞吐黄河长江”，“我用小指压碎整个地球”，“早餐，我吃掉整条银河系”，写诗，原来这么“容易”。

类似的意象事实上是把诗卡通化。

19

动画有其严肃的一面，它能提供具有新意的想象，但若是想象变成游戏，诗就变成逗笑取悦的卡通。

任何一个想写诗的人应用这套写作文法或游戏规则，大都可以一天写几十首“诗”。

20

巧思但自然的诗或意象最难，因为人生似有似无地作为诗人傍依的佐证。

诗不能被动反映人生，要以新鲜敏锐的观点看世界，有超现实的想象，但又不做漫无节制的妄想戏耍，是一个诗人极重要的自觉。

21

也许诗作浮现诗人潜意识里的吉光片羽，但这些都要经由意识的整合。让意识松弛可让想象奔驰，但从意象之成型于脑际，到意象成型于诗行，意识也由松变紧。

22

潜意识是意识的宝库，但意象必定要由潜意识走入意识。

诗人意识到人的世界，而一有人生，诗作怎能游戏？虽然这也许是个游戏人生。

意象的姿势

1

意象以空间的形态，在意识默默浮现。它以无声道出语言，这就是意象的姿势。

2

意象的姿势是在肉眼所见的一连串动作中，截取最富意义的片断，瞬间在心眼里凝结。

形象转化成意象的过程，由动转静，由声音转趋静谧。由于瞬间凝聚，它富于张力。虽然这一小段截头去尾，但它默默指出动作的原始，和可能发展的脉络。

3

好似一切喧腾的动作在这一瞬间凝结成一个姿势，正如一个人愉悦的笑声，在相片里留下的唇角和忽隐忽现的齿白，嘴巴似开未开，眼睛瞳孔清澈，永远不会眨眼，而和观者凝视。

4

诗的意象就是抓取主客交互凝视的瞬间。

诗人周遭的事物如塑料袋、宝特瓶，辗转进入历史的旋涡，诗人也在其中回旋，在四周纷扰浮动中，意象瞬间在心眼里驻足。

诗人对人生有感就在于他能凝视这些事件，而使形象转化成意象。读者对诗有感，也在于瞬间慑于意象对自己的凝视。

5

意象的姿势即是客体的转型，相互凝视的瞬间迥异于平常。故一个长相丑陋的妇人，在诗中有迷人之姿，并不是诗或文学刻意“美化”客体，而是诗总在平凡中显现不平凡。

万物皆有存在的理由，诗所触及的美并非只是天生赋予的长相，而是动人或感人之姿。

一条蛇为了被人类捕杀的伴侣，在水池边流连而又遭到捕杀，但诗人为此心神撼动，当形象在诗中以意象展现，那当然是动人之姿。

6

我们曾经听过一个面貌极丑陋的驼子如何舍身去救一位

美女，当生命在他的眼眸里剩下一丝残光和诗人凝视，诗里的这一对眼睛也在对读者做感人的凝视。

凝视的瞬间，周遭的景象模糊，所有的声浪远去，唯一占领意识的是意象的姿势。

7

意象的姿势无言，但举手投足似乎有千言万语。眸子闪烁的泪光似乎让读者听到灵魂深处的千万种回声。

意象的姿势是肉感的，也是精神的，它保有形象的凹凸感，诉诸人的感官，但它唤起的是精神投入的庄重。

姿势表达的就是姿势本身，它无声的语言造成声音的转移。一个人会讶异于自己全然陌生的言语，努力追忆，原来是一个路人侧影的引发。

8

意象的姿势也是一口记忆的深井，表象的水静无波却回响着多重的语音和脸孔。姿势因而是声形的结合。

意识通过意象的姿势，看到时间沉淀前的平野风沙，如今我们看到沙漠中稍微隆起的部分，旁边是一排错落的蹄痕，我们不能视而不见，但我们是不是看到一个明晰的过去？我们是否能臆度一个可信的未来？

9

正如汉斯-格奥尔格·伽达默尔(Hans-Georg Gadamer)所说,姿势显示意义,也遮掩意义。意象在昭然若揭的举止中,夹有含羞退却的本性。

意象的意义极丰富,因为姿势明白,但读者却不能将其说尽。意象不是象征,因为诠释无以道尽沉默的语言,它也不是既定语码的符旨,而是浮动的符征。

10

读者无法将意象的姿势诠释尽,姿势因而赋予诠释的可能性。

不论诗人观照人生,或是读者凝视诗中的意象,意识在诠释的世界里活动。不论是诗人或是读者,所谓创作或创造力多半是诠释的能力。

11

意象的姿势所展示的不是意义的知识,而是意义的存有。

存有非肉身可以触及,它无形,因而有多种存在的可能,刺激各种可能的诠释,存有就在于这种永不休止的诠释活动,从客体的形象到诗的意象,从诗的意象到读者的阅读。

诠释无以道尽意象的意义,但存有极重要的意义却是诠释。

12

各种诠释的可能性，事实上延展了意象姿势所占有的空间。

现实事件的姿势只能存在于时间的框限，风沙起落，沙中隆起的个体转眼即被掩埋，任何遗迹都将消失。

现实时间分秒相扣，没有任何环节会遗漏，而时间的点滴逐次进逼，夕阳追逐暾日，成长驱逐童年，风中的事件不过是沙砾般的小事，形象须臾间顿成子虚。

13

但形象被诗人心眼凝视的瞬间，意象以动人之姿占领书写空间，书写空间将现实过眼即逝的某一瞬间凝结，时间因而空间化。

14

意象的姿势是空间和时间辩证的结果。

一方面，它从时间中截取形象而转植于书写空间；另一方面，文字意象仍要遵循阅读的时间性顺序。但辩证过程中由正反到合，正是在姿势中汇集了时空的经纬。

由于意象既来自于时间轴，也来自于空间轴，它的归属就必然增加繁复性和朦胧性，它是难以言喻的比喻，因为它是隐喻和转喻的互动。

15

意象的姿势持有明晰的骨架，正如埃兹拉·庞德（Ezra Pound）说，意象要去除赘词和饰语。

读者看到透明的轮廓，但由于骨架透明，意义因而朦胧。它的姿势无所为而为，人物的手臂悬在空中暗示什么讯息？嘴巴半开半合要吐露什么声音？诗"为什么"总存在？但这个"为什么"是什么？

16

意象的姿势似乎是比喻的化身，但它不是一个具体的隐喻，因为它的存在缺乏强烈的意图；它也非纯然的转喻，因为它也不是偶发性的存在。

意象的姿势是隐喻与转喻相互进入对方的开口，在开口融合。

意象的偶发性结合文字的意图性，而保有自然之姿。唇齿的均衡是嘴巴无声的言语，眼睛的凝视是在时间的奔流中最精确的暂停。

诗的算计精准在于意象的姿势自然。

17

意象以其姿势凝视读者，当一代一代的读者在它的眼中成长陵替，它也辗转经历了不同的时空。在几百年后某一夜晚的灯光下，它看到一个读者心神专注的动人之姿，这时，它也许忘掉了久远前风中起落的沙砾。

诗人的凝视

1

诗人在涌动的时序里，看到一个时间的断层，在人潮中看到一个脸孔；这时喧嚣退却，留下静谧；在这静谧的瞬间，意象在意识里成形。

2

当一张脸孔浮现时，诗人加以“凝视”，而非只是“看”。凝视的瞬间，诗人放弃水仙式的自我，“他人”独占意识。凝视时，诗人从主体意识投射，转化成主客体的意识交感。

3

凝视使“我”以“他”思维，自我的立场转移，“他”的境遇瞬间被压缩成那一张脸，而诗人在凝视的瞬间看到“他”的过去和现在。并不是“我”和“他”认同，所以没有所谓的认同危机，只是情景的感同身受。

好的诗人不只写“我”，更能写“他”，而“他”也在凝视的瞬间，转化成一个更具宇宙性的“他”。

4

“看”则和“凝视”不同，“看”暗示着主体对外的渴望和企图。当主体看客体时，主体是以旁观者的立场思考。这时主体保持自我的本位，一切考虑以“我”作为出发点。当“看”的对象危及“我”的存在时，“他”就变成“我”对立的对象。这时，“我”对“他”的价值判断是主体意识的投射，而不是主客交感。

5

以“凝视”的态度写诗，诗以“他”的情景看到“他”的一生；诗富于人道的悲悯，有生之隐痛。

6

以“看”的眼光写诗，诗变成一种迂回嘲讽。诗人看到人世的愚行，人物因愚行几近小丑。诗当然也触及人世的隐痛，但更着重于现实的苦涩。

7

关键在于：“凝视”是内省，诗人感受一个“他”的立场和处境，意象呈现人世，而没有强烈的“企图”。

8

诗人经由“看”,直指一种现象,或经由思考后,讥讽一个对象。诗显现出一种读者可以感知的“企图”。

9

不论诗是展现“凝视”或“看”,诗都是意象思维,以“看”写诗,更应慎防语言变成讯息差遣的工具。

10

但讽刺经由“看”的过程,必须经由“凝视”调度。迂回的讽刺更是诗人的内省,有些诗行因而是诗人凝视的结果,使讥讽戏谑的文字增加一层肃穆。凝视因此是诗人最重要的观照。

11

诗人在凝视的瞬间,“自我”暂时退出,“他人”介入意识。进一步说,诗人是由“他人”看到真正的自我。正如心理学家所说,小孩经由“他人”,意识到“我”的存在。一个将自我框限于个人有经验的诗人,只是水仙迷恋自己的倒影,诗变成田园梦幻,诗人永远停留在情绪翻腾的年少。

12

当诗人凝视“他人”，他看到贯穿岁月的人性。源远流长的人生在时间之流里激荡，多少脸孔在苍茫的天色里点燃飘摇的生命之火。当这些没有面目的脸孔，融入一个特定的五官，凝视起于惊讶，起于惊觉，起于生命潮水的拍击，起于那个脸孔的一切，诗人进而自问：那张脸孔是否似曾相识？从那张脸孔中，是否隐约看到自我的面目？

13

诗是诗人的人道精神切入人生。以人性思考，以意象思维，诗人即使欠缺实际切身的经验，也可经由想象触动自我的心弦，那是诗人对于想象的凝视。

14

不必涉足故土的山川，诗人已在诗中展现“归”的心情。不必造访绿灯户，黄昏灯光下一张雏妓的脸孔，已在诗行里浮现几个诗节。有人说，要有切身经验，诗才能感人，那正是水仙诗人的泛论，诗对他只是揽镜自照，而从未对真实的人生有所感。

15

诗人以意象思维，因此触发意象的形象，可以实，也可以虚。

诗人若一切都仰赖实际的切身经验，诗变成只是固定的知识。诗人能凝视周遭的现实和内心的想象，诗的题材就不容易枯竭。

诗人凝视一件小小的事物，因此诗可能凡中带奇。诗人凝视想象，诗因此“无中生有”，而这个“有”可能比真实世界的“有”更真实。

16

当诗人凝视一张雏妓的脸孔（不论是实景或想象），形象和语言交融成为意象。意象是书写的产物，借由语言而存在。

形象转化成为意象的瞬间，时间瞬间静止，意象使这抽离的瞬间饱满。诗的肇始就是这样一个意象，它是叙述的展延，而非叙述的装饰。

17

诗人和小说家不一样，因为诗不是叙述一个故事，读诗更不是追溯或还原一个写诗的故事。诗人凝视形象而有意象，再由意象展延成一首诗。诗的叙述是意象叙述，有别于小说的情节叙述。

18

当一个意象成形，它已变成生命的存有，而对诗人凝视，诗人和意象的交互凝视，使继起的意象串接成叙述。

诗正是诗人一面和意象凝视，一面和语言对话的结果。

19

诗人凝视的瞬间，是一首诗生命的起点，在这个瞬间之前，诗人和任何人无异。若是诗人以诗作铭记存有，凝视的瞬间正是意识的开口，诗人在此开口展示存有。

20

当一个诗人凝视一张脸孔，这张脸孔在书写空间上即变成一个意象；而意象又展延成一首诗时，诗人赫然发现那张脸孔对自己凝视。那张脸孔是诗人自我的化身，这个自我和日常例行的刷牙漱口、上厕所的“我”已不一样，“他”是诗人的存有，只存在于诗作中。

沉默与众声喧哗

1

沉默不是哑巴式的无言，而是语言趋于饱满的状态。

写作也许是诗人静谧中心灵的独白，诗则是独白后的回响。阅读行为就是意识透过文字的交互激荡，众声喧哗，虽然这些都是无声的语音。

2

诗人在沉默独白时，他不只是和自己说话，他经由语言，使静谧的语音激起不同的语音。

由于语言也是一种无形的生命，诗人此时不仅对他人言语，也在对语言说话。

但诗人周遭的世界，尽是众声喧哗。除了自然界的声响，人声交叠，而真正的语音被掩埋在表象嘈杂的噪音中。

在这个时代，任何发自意识的语音都受到种种的干扰。诗一度被人用听音器检测其是否为干预政策的“杂音”；诗人有时被宣判为疯子，因为他不愿喊口号。比喻是诗的自然依归，诗路也必然迂回。

3

诗既是意识的投射，读者在众声喧哗中听到诗人心灵的脉动。有时读者且在诗中听到多重声音，那是沉默中的语言。

4

我们面临这个社会，听到许多喧嚣的声音进入意识，但是实际在面临写作的一刹那，一切都是孤单的自我。诗人写下一种存有的状态，一个个喧嚣的声音被过滤成静谧。

在这个社会中，不只是诗人，一个普通人看到一个很凄惨的状况，也会有强烈的感触或是感受。所以这种感受并不足以代表诗人的特质。

诗人真正比一般人更敏锐的不是特别尖锐刺激的事件，而是一件平常生活化的事物。诗人能借由敏锐的感受，从平凡中看到不平凡。诗人能这样敏锐，多半是因为他能在静谧中面对语言。

5

假如连续五六行的诗句都觉得十分饶舌，突然穿插一行静默，那么饶舌就是静默的前奏，是一种伏笔，所以整体的气氛是沉默。

空白是一种沉默，另一类沉默却是诗人的本质。沉默驱使我们写诗，让我们在诗中写下沉默。

6

诗的多重声音显现两种意义：

第一，诗不是独断式的见解，即使诗人有意“独裁”意图经由语言变调，武断的独语已变成多重声音。虽说语言为了沟通而存在，但诗人要先和语言沟通。

第二，诗的多重声音使诗的阅读和诠释变得丰硕。

7

若诗只有一种声音，而这个唯一的声音被检析出，诗的生命也告终结。

任何只要求表达一种声音的“文体”绝不是诗，最多只能趋近于散文。

8

诗的多重声音赋予读者各种诠释的可能性。诠释的声音越多，诗越保有沉默的特质。

由于诗适度闭口保持沉默，因此能发出多重声音。喧嚣或呐喊的文字反而使诗苍白虚脱，语音之后，无以留下任何尾韵和余响。

9

当代思想家米哈伊尔·巴赫汀(Mikhail Bakhtin)强调任何信息的传达,绝不是独语式的单向活动,而是双向行为,因为它至少涵盖接受者对该信息的肯定或否定。

巴氏强调任何语言都汇集了不同时空沉积的语音。重叠的语音可能是语音的交汇,也可能是说话者在某一语意的立足点和其他定点的交互关系。这也许是语音之间的对话,也许是文字之间的对话。

10

对话是意识间的融通,是人和人之间交流的必然要素。巴氏因此说,任何信息都有社会性导向。不同时空的社会交相投射,混合于个别的言语活动。

11

多重声音使诗人推展成更紧张的自我辩证。

一方面诗人要将自我立足于众声交响的言语活动中,另一方面要在各种声音中力图保持沉默的特质。

但两者也可相互滋养。投入声浪,再抽身于静谧的神思,有着时间先后的步调。

诗人先"投入"一个世界,语音浸洗,意识交感,然后在水流声中，突然抓取一个凝聚的片段，而成一种出位之思。

12

在众声喧哗中，另一个超凡的声音，在心灵的静谧下展现，正如十九世纪英国诗人塞缪尔·泰勒·柯勒律治（Samuel Taylor Coleridge）在《忽必烈汗》里的诗行："河水喧嚣地沉入没有生息的海洋/在喧嚣中，忽必烈汗听到远方/古代预言战争的语音。"

13

柯勒律治的诗着笔忽必烈汗想建筑一快乐之宫，诗先以明亮辉煌的字眼描述这个宫殿，但随后的诗行却暗衬了人世的阴暗。尤其在描绘气势万千的奔流后，这不可一世的帝王在汹涌的水流声中，听到让人生布满伤痕的战争。快乐之宫也不过是水中虚幻的倒影，所谓快乐也许和所有声音一样，终成泡沫。

14

忽必烈汗在此瞬间，似乎听到表象以外，真正沉潜的语音，那是人心趋近静谧所听到的真言。在此瞬间，听者穿透喧腾浮华的外在现实，感悟到人生的本质和宿命的归向。

15

但感悟的人生并不意味着一定坠入生活永劫不复的低调。诗人的文字因直逼真言，他的人生和人生观酝酿了某些层次的悲剧感。

但悲剧感使人提升而趋近智慧。诗人透过和语言的对话感悟，竟是自我的狂喜。

当现实人生的各种声浪试图淹没诗人内心的沉默时，诗的创造变成对世事的一种揶揄。

当世人以僵化的文字，试图把语言简化成目的论的工具时，诗在沉默中回荡多重的声音，让语言随着沉默遁走。

16

但诗人并不像哲学家，把语言视为真理的承载者。所谓诗的真言并不是诗人自认自己所写的是真理，而是这些文字闪现其存有忽明忽暗的亮光。

意象默默勾勒诗的真言，以视觉的无声替代言语的有声。

诗人所谓的狂喜实际上是静谧中瞬间的灵光一现。

17

在上述的诗行中，忽必烈在瞬间也许感受到时间的威吓。流水一向会带走人的时光，而当时间变异，空间所留存的碑石也将倾覆,随水流沉入无声无息的海洋。

诗的历史也许就是抗拒时间的各种印证。

诗人只有努力将客体时间瞬间化,将每一个瞬间当作唯一独立的个体,将这个瞬间推进存有的边陲地带,诗人才可能在充实饱满的瞬间中,将有限的时间在心灵中展延。

在此瞬间,诗人以真言发出生之灵光,诗以沉默道尽世事的众声喧哗。

诗的生命感

1

“诗人所为何事?”这是一个对生命有感受的哲人和诗人自问的本体问题。

诗是为人而写的,假如诗摆脱人生,诗将沦落成为什么“东西”?

2

诗在困境中转进,以免自身沦落成颂词或疯癫的呓语。

3

诗人面对人生复杂的情境,诗的本质才得以突显。因为人生浮荡,诗得以“绝境逢生”。

4

因此,所谓“诗人所为何事?”,更积极的意义是“诗人在存亡之秋，所为何事？”。

所谓存亡不是一个政体濒临瓦解，也不是诗人即将被逼迫不能写诗，而是在现实人生中，物欲横流，口沫喷洒，精神生活已经几近窒息时，诗如何展延其生命？

5

存在是“不得不”的状况。

人没有拒绝被生下来的权利。存有在生的一刹那即感知有“他”的存在，有一个“世界”包容了这个“我”，但也似乎随时要将这个“我”吞食。

对“他”及外在的世界是存有宿命的感知。

6

人知道自己无法脱离这个世界，虽然明明知道这个世界会危及自我。所谓自我并不一定是诗人的我，而是现实情境无数朦胧的脸孔。

严肃诗人的自我并非借着逃避而存在，相反的，只有自我“坠入”或“投入”外在的世界，人才有真正的存在。生命是一场命定的旅程，但只有先觉悟到这种命运，人才能展现及逼视存有。

7

这些感知并不是哲学家的专利品。

诗人和时间相抗衡的文字早已映照生命的血光。诗无以堕落成赞歌，是因为诗人在时间的缺口已经看到死亡的狞笑。

感知死的存在无疑殷实了生命的智慧。

人在生的一刹那就命定死，所以诗人在写诗的瞬间中跳脱，却也预告瞬间即将不再。

假如诗有生命感，主要是诗在现实人生浮面的浅笑里，已听到死亡的叹息。

8

诗人的存有早命定和外在世界或“他”及未来的死亡纠葛辩证，因此，也正如海德格尔所说，生命一定布满焦虑、恐惧、痛苦。人并不一定看到或感受到一些具体事件后才有焦虑或朦胧的阴影。

9

焦虑“就是由于‘没有特定位置’才具威吓力”，因为没有特定位置即意味无所不在。

阴影虽然还没有笼罩肉身，但似乎环伺周遭。阴影随着人的感受逐次逼近，但却久久还未发生而迭次增强。生命似乎悬置在永无结束的焦虑中，要来的似乎无止境地延迟和等待，但人却不能撒手不管，因为“它”终究要来。

10

但焦虑并非害怕。焦虑是存有的本质，感知人生可能的一切而勇于面对和承担。害怕则是一种怯懦，倾向逃避。

诗人并不害怕，因为害怕会诱使自己违背自己的“真言”，而向现实和外在世界妥协就范。害怕将泯灭诗人的真我。

若是诗人心怀焦虑，但不害怕，他的诗将闪亮着生命之光。

再者，诗人所焦虑的大部分不是自己的处境，而是整个社会现实的情境。

11

诗人也势必感受生命中布满的痛苦，但“痛苦是生命的鼓舞者”。“只要是活的东西，就会感受痛苦。”“痛苦是赠送给灵魂的礼物。”

人只有把痛苦视为一种必然，人才能伴随生命起伏的节奏。诗人充分体会到与生俱来的痛苦，他的诗因此富于生命的厚度。

严肃诗人感受的痛苦大部分并不是自身悲惨的境遇，但感受“他”的经验也在主客交感中如同身受。不论是个人或他人的经验，痛苦使人趋近智慧。

12

只有真切想象自身濒临死亡，痛苦才接近终点。但死并非生之结束。

生亦步亦趋踏向死亡，事实上人一生下来即注定死。生感知必然的死，死是一种完成，而非终结。

死是存有“未曾”的部分，生命的流程是从“已经”走向“未曾”。

诗人感知死的必然，他将珍惜生的每一瞬间。另一方面，当诗人体会到死是一种完成，他不会吝惜生命苟延残喘的模式。

13

假如焦虑、痛苦和死是存在的基本现象，人总是在“不得不”下延续生命；岁月流转，代代相传皆如是。

诗人能感受生命“不得不”的紧张感，诗将饱藏泪光血影的稠密度。“不得不”的体认使人生变得悲壮。

走向诗路注定是个悲剧，但并不悲哀。“不得不”使诗人体会到诗路是宿命的依归，当现实人生充满乖谬，当时代低俗到不需要诗时，诗人有“不得不”写诗的悲壮。

14

假如诗人看穿人生的虚实，看尽金碧辉煌的假象，诗人“不得不”在诗行中展示生的本质，“不得不”在文字中传递语言的“真言”。

15

因此，诗的语言“不得不”稠密。它暗示对生命有限时间的尊重。

时光涓滴成渠，眨眼即逝，诗所触及的人生势必是一种压缩，使每一瞬间都非常厚实，使每一个字都是瞬间的狂喜。

感悟就是一种狂喜，即使生所感悟的是死之必然。

16

假如诗的语言是生的真言，诗的文字绝不能容许废言废语。当字字都有其必然性，它也显现了生命“不得不”的本质。

当生命力穿透文字，文字就充满了宿命的庄严感。文字之间的紧张正如诗人每一步履心怀的焦虑。

假如诗沦落成说明性的散文，诗人所丧失的不仅是文字的稠密度，而是生命的庄严感。此时，诗人已在消除自我，因为他已经不再聆听语言的真言。

17

假如诗人心怀存有的悲壮去面对语言，他和语言的关系即值得深思。

首先，诗人以经验感受语言。语言是思维的化身，也是映照诗人的一面镜子。

诗人和语言的经验正如人和人的感受。唯一的差别是人世充满陷阱，而作为“存有之屋宇”的语言却吐出真言。

“语言在说话”，它道出了生活空间的本貌，道出了由语言和文字所造成的人和物的关系。经由语言，诗人进入自然界物象的律动，感受人和人之间的颤动，诗人更在语言中看到真我。

18

但能在语言的真言中看到真我，人必须首先仔细聆听。

诗作并不是诗人自我膨胀的呓语，语音是语言沉默的回响。诗人的倾听在于必要性的腾空，腾空一切人事表象填塞于意识的喧嚣。

倾听语言时，诗人将世事的幻象喧哗沉淀成静谧，在静谧中聆听沉默的语言。

19

但语言说出了什么呢？所谓真言应是触及诗人存有的处境。

当诗人聆听语言时，诗人波动的情绪融入智能的语言。诗人如果不聆听语言，诗作将是情绪的倾泻。而当情绪泛滥成灾，首先被淹没的将是诗人的存有。

20

因此，倾听语言意味着诗人适度地对原先自我的弃绝，将原来即将喷洒出的语音吞下去变成沉默。以“听”替代“说”。

自我弃绝也暗示诗人跳脱出已成习惯的文字。文字暗藏诗人积累的经验和惯性思维，因此，跳脱意味着从约定俗成的经验跨进另一层领域，人在这一层领域看到真我，人也在逼视真我的瞬间，看到语言的闪闪发光。

21

“语言是光”当然暗示语言富于智能和生命力。诗是感受这层智慧后的响应，所以诗也应该是聆听语言后的真言。

语言透过诗人说话，但每一个诗人都有个别差异，因此诗已是个别诗人和语言融通的结果。

诗人在聆听语言时，展现了个别存有的特质，因此所谓的融通已是一种对话，虽然对话在沉默中进行。

22

诗人只有经由对话才能导向真言，而对话，正如上述，要先聆听和腾空自我。诗人只有腾空自我才能写真我，而真我已是我和外在世界的交相辩证。

诗绝不是自我的重复，诗人的成长正是从“写我”到“写他”的改变。

因为“他”的入主意识，正意味着诗人深切体会到个人在外在世界的阴影下“不得不”的存有状况。诗人也在外在世界和时间的催迫下感受到生命中焦虑、恐惧、痛苦和死亡的本质。

23

所以当我们问“诗人所为何事”，诗人总在“有”“无”之间摆荡，在步入自己感知必然的“无”之前，将客体时间压缩成爆炸性的瞬间，在瞬间写下“有”。

不仅时间投射的灰影笼罩诗人的存有，而且外在世界的声息介入诗人的呼吸。

好似黄昏之际微风带来的信息。黄昏意谓将是一场改变，半隐于山头的日轮发出悦人但已显疲惫的辉芒。诗人已准备好随时随着日影降入黑暗。但黑暗并非结束，黑夜是白日时诗人早已预知的时序。

24

诗人所自问的是，在坠入黑暗之前的瞬间，能否道出存有的真言。

时代陵替之际，现实伦常颠倒，是非错乱，上帝退出，神谕不在，诗人的真言随微风飘送，也许能在即将来临的黑夜有点回响和余波，但暗涛汹涌，人声嘈杂，谁能听到这些维系生命的脉动？

当天边最后一丝光线逐渐消失，在这一瞬间，诗人只能将凝聚的生命感透过诗的真言变成不受时空宰制的书写，而无奈地目送这一个时代步入黑暗。

濒死的写作与阅读

1

对于许多严肃诗人来说，创作所以显现，是因为存有(being)感受即将来临的死亡。死不一定威胁肉体，它只是将存有投掷于阴影下，让其面对无以抗拒的黑暗，感觉生命的闪烁和飘忽。

当一个诗人，觉得生命裸露袒呈，暴身于死将带来的摧折，作品将记下心灵中的转移，将时间性的生命转化成占有空间的文字。因此严肃作品的产生通常是存有在生死边陲地带摆荡的结果。

2

纸张是作者铭记存有的空间。

死不仅威吓作者撤离生存的世界，也威吓他撤离写作的空间。

面对时间伴随死的阴影，诗人紧握空间以保自我。

写作因此是空间和时间的交战。在书写的空间中，诗人以心灵的时间战胜客体时间，写作使瞬间空间化，写出“说出”自我，面对死亡，诗人“写下”他的存有。

3

但是生命的完整性早已涵盖死。正如有些评者所说：“死不是入侵者，它并非突然从外面攻击，而是我们一直在其看管之下。”

海德格尔认为生是“存有朝向死亡”（being－toward－death），死不是干扰生，使生命结束，而是使生终于臻至完满。

生命的存有一直意识到它欠缺这种完满。死犹如果实趋于成熟，尚未完成的死早已是存有的一部分。

4

对于诗人来说，写作和死相交连并不一定使作品染上悲伤的色调。

作品只是在生活于危机中，和生活迈向死以达于完满的交替过程中，展现自我。培养创作的情绪是将自己“投入”想象之死而又回归于生。

5

创作因此是生和死的历练。当艾略特的诗中说“用手擦拭你的嘴巴然后大笑/世界运转正如古代的女人/在空地里聚集柴火”时，开怀大笑的背后可能隐藏自我淹没的暗流。

6

约翰·济慈(John Keats)写了许多有关死亡阴影的诗，如《睡眠之商籁》《给秋天》《给夜莺之歌》。

但，诗中死亡的意识不一定要解释成诗人的生活意识。因为激起写诗的意识在某一瞬间形成，所以即使“乐观”作家也会在某一片刻中坠入布满死亡气氛的深谷。

7

意识死的瞬间也许就是狂喜的片刻。狂喜和死的两个极端使作者感觉有所得也有所失。濒死的经验怅然若有所失，在狂喜中创作的展现则有所得。而创作又借由死的感觉使生趋于完满。

8

意识到死的瞬间，也可能是日常对时空感悟的结果。当生活感觉如临危机，时空失落的恐惧将主宰生之意识。而一旦已变成生之意识，有关死之写作就不一定起于瞬间。

9

某一方面来说，对死的恐惧，所恐惧的，是自我的消散。

10

济慈曾说诗人要去除自我,寄居于各种形体,但事实上赋形于任何东西,就会变成什么东西都不是。因为,如此一来,诗人就必须服膺于陌生的外界和存有无以持衡的盈溢。

11

莫里斯·布朗肖(Maurice Blanchot)研究斯特芳·马拉美(Stephane Mallarme)和赖内·马利亚·里尔克(Rainer Maria Rilke)时以时空的观点来看待死亡。

布朗肖认为马拉美的诗里,缺无(absence)总系于瞬间的突显,在“某一瞬间,当万物坠趋罔无,存有乃纯净闪现”。

当万物消失,消失这一个理念也跟着消失。当令人迷惘的事物消失,存有乃透明展现。诗人看透事物而又感觉即将丧失这些事物,写作于焉而生,因为写作保有诗人的存有。

12

至于里尔克,布朗肖则认为,“死正如缺无,是时间桎梏解脱出来的空间”。

垂死物化的刹那,人反而能透视死之本质和生之存有。当生趋近死,人能清楚感受存有,正如马塞尔·普鲁斯特(Marcel Proust)所说,掌握夏天的本质不是经历炎日的酷晒,而是触摸清凉的冰水。

13

不论是自我濒于解体如济慈，或是事物变成罔无时，存有在瞬间闪现如马拉美，或是时间空间化以彰显生之本质如里尔克，写作在于延续自我，当自我已自觉将不在。

写作是将现实的印象凝结。感受现象的飘忽，物体即将被时间掠夺，诗人将物体转化成意象。写作是将有形化为无形，将缺无展现，使逐渐微弱的声息能在空间中回响。写作是使人从此时此地中解脱，以死征服生。

14

假如写作的力量来自于濒死的气氛，阅读和诠释怎能面对经历生死浮沉的意识而无动于衷？这并不意味着读者需寻求文字的外在证据，如所谓作者的创作意图，以印证其生之意识。

15

生之意识，正如上述，寄居于平常的客体时间中，而一旦转为写作的意识，它必定经由过滤导入作品，以写作作为生存空间，把客体时间浓缩成空间。布朗肖论及作者的生活意识，实际上他是将阅读从以作者为中心的观点中解放："将作者消灭，让作品还于本来面目：还于无名的存在，还于非个人化的肯定。"

16

因此生之意识和写作意识也是交相辩证。

当意识空间变成书写文字，生之意识会历经变调。写作后的意识仅是写作前意识的延异。但是虽然意识已受延异，生之意识所营造的写作气氛仍不能完全去除。

任何瞬间意识的激荡和暴显，都可能来自生活意识所累积的气氛。某一瞬间有关死之写作，均系作者在生死间沉思，在死亡的气氛中活动结束。

17

但由于生活之意识存在于文字之外，它无由证实。阅读并不是证实诗人的生之意识，而是去感受作品中的意识。

“让作品还于本来面目”就是将意识从个别的角色中解放开来。作品“无名”，“非个人化”，因为写作是“自我”的延伸，原有的“我”已从书写空间中撤退。读者“意识到”原有但已失落的“我”，但他并不是在重建这个“我”。

18

但写作的意识明显展现有关死的生活意识。假如写作呈现“濒死去写”的姿势，人怎能对严肃的创作嗤之以鼻？

创作暗示生死的交替运作，努力掌握一个现在却又将滑溜成未来。

假如阅读也是创作,阅读也将被死的气氛所笼罩。那当然不是肉体之死,而是感觉万物顿成子虚时,突然看到死之本质发出亮光。

19

有时候,心境茫然,在花园和煦的阳光下突然听到远方飘来的歌声,或是躺卧床上,悲伤的音乐从门缝渗入,人在那一瞬间,有如面对死之空无。

以洛夫的诗行来说:“只偶然昂首向邻居的甬道,我便怔住/清晨,那人以裸体去背叛死/任一条黑色支流咆哮横过他的脉管/我便怔住,我以目光扫过那座石壁/上面即凿成两道血槽。”读者变成墙上血槽的见证,阅读的现场溶入金门的石室,炮火在周遭爆裂,并不是诗中人流的血,也非读者的血,但阅读时,意识的转移消解意识的二元化,“和死者在一起”(being—with—the—dead)是在沉默中聆听死者的声音。

20

我们以生的沉静才能听到死者的话语,而在沉静的聆听中,死者将语言的世界赋予沉默的力量。

读者在沉静中感受到死的经验,将“濒于死的写作”变成“濒于死的阅读”。

诗的诠释与诗的教育

1

诗长久以来就是最常被污染的文体，虽然表象上人们惯称诗是文学的正宗。

以前一个“历史文学家”是诗的主要读者，但他们读的不是诗，而是诗人。诗中的文字，只是用来证实诗人在某年某月携同情人偷偷到此一游。

2

以诗作印证诗人创作时的心情或是行径，是一个似是而非的臆想。

难道诗中的心情一定是诗人当天二十四小时的心情，分秒不变？写诗难道不可能是瞬间的跳脱？

难道面对政客口沫横飞的时候，心中不能闪现早上路边那条躺在血泊中的流浪狗？

诗人难道不会在下笔的刹那转换成另一种角度来看人生的悲喜，而在诗中以另一种视野或幽默来嘲讽生活所布的僵局？

诗不就是以这种逾越，打破现实的框架？

3

诗在资料考据中满布伤痕。

讲解诗但又不触及诗的内涵是对诗极大的污辱。只强调诗的外围背景，而不是诗的内在生命，诗已经在诠释中奄奄一息。

4

但如今从考据的刽子手中抢救过来的诗，却要面对另一把刀的寒光。理论就是这把刀。

本来对于文学现象的审思，总不免演绎归纳成“理论”。理论是既有的文学现象周延的观察，它的意义在于从目前的已知推展探索未知。

但是探索的过程或途径一旦被套用就被宣判死亡，因为这时理论的应用，已不是创见，而是重复的演练。

5

套用理论来诠释诗，尤其危险。诗本体上是来自于成规而逾越成规。

诗的生命充满爆发力，人想以理论规范诗的语言，语言却以小小的“犯规”遁走。诗本质上就是借由语言摆脱世俗的驾驭。

6

现实以控制语言来控制人心。口号和教条试图以僵化的语言来培养人们僵化的思想。

诗的语言却要打破这种僵化的稳定。语言对真正的诗人来说，是一个有生命的个体，写诗是诗人和语言的对话与互动。

语言互动的对象随着个人和时空改变，几千年来诗人所描述的人生总难脱离生老病死，和语言的动态沟通类似的主题却写出千变万化的诗行。语言使老旧的主题富于生机。

7

读诗也是读者和诗语言的互动，于是既有的理论也难以管辖。

事实上，套用理论的批评家潜意识对诗存怀恐惧。有些批评家由于无法进入诗中的文字世界，因此以理论加以框套，加以驯服。

正如美国诗人诗论家罗伯特·佩恩·沃伦(Robert Penn Warren)所说，诗对于这些批评家来说是一头怪兽，批评家挥舞理论的刀剑欲置之于死地，以疏解看不懂诗的不安。

因此，批评家不时套用游戏理论将诗作简化成游戏，以淡化看不懂诗的不安。若诗被简化成文字游戏，诠释当然是游戏的游戏。

8

套用近代理论的批评家推演甚至扬言：诗和人生无关，文学只是语言的游戏。如果诗和人生无关，套用理论的批评家就可以放心地不必好好看诗，因此也就没有看不懂的诗。

但我们要好好“看”一首诗。我们要问这一首诗怎样借由无声的语言表达诗的沉默无语。

讲解或诠释意象，就是要使看诗的人将文字可视化，使读者如临诗中的情景，在那一瞬间，读者如身历其境。

在这一瞬间读者忘记理论和批评术语。诗是人心灵体验的结晶，感受一首诗即感受诗中人的经验。

诠释是基于有感的阅读，而非词汇或术语的沿用。

9

刀光剑影可以练就一套招式，但再好的招式都无法刺及诗的要害。批评家把诗当成怪兽，有趣的是这个怪兽关怀人生，而批评家却一意加以否认诗里的人生。

批评家在风中演练把戏，诗毫发无伤地在一旁窃笑。

10

这并不是说诠释要从诗中偏离而陷入人生的喟叹。只谈理论或只谈人生都没有真正看到诗。

诠释诗是说出诗如何借由文字或意象撞击人的心坎，让读者在文字中看到视觉意象，感受到这个意象所暗指的人生。

11

套用术语来诠释诗，是将诗视同作文的造句或修辞。这样无异于将好诗和坏诗等位齐观，因为再坏的诗行也可能借用反讽、拟人化、比喻或转喻的技巧来诠释。

有些批评家所谓的诠释就是套用理论，有时套用女性主义、国族主义、殖民论述等等让诗作窒息，有时套用情色诗、宗教诗、太空诗、抗议诗等等的二氧化碳来取代氧气。

12

好诗在于文字运用的自然，这是和语言沟通后，臻至浑圆的结果。

读者阅读好诗的瞬间，会讶异于其人生的沉潜深厚，而不会刻意地注意其技巧。

事实上，一首技巧明显引人注目的诗，它的技巧一定有问题。

13

诗不是怪兽,它可能是人与生俱有的本能。一个三岁多的小孩从阳台走到室内,告诉他的母亲他双手捧的是阳光。

另一个两岁多的小孩吃下小鱼后说:“我们喝一点水让鱼在肚子里游泳好不好?”

童心充满好奇和新鲜感,因此已趋近诗心。但这些诗心可能在僵化的语文和思想教育下被摧毁殆尽。

14

一个历史文学家将诗埋葬在重重叠叠的考据资料里。一个理论家搬来一大堆术语和名词,给诗贴上标签,让诗蜷缩在某一个主义的旗帜下。

套用理论的批评家对诗中意象的跃动没有感觉。他对诗的诠释,事实上是一方面在谋杀诗,一方面从诗的天地里自我放逐。

如此身居教育要津的批评家已坠入理论的深渊,我们怎能再让千万颗诗心跟着陪葬?

15

苏珊·桑塔格(Susan Sontag)为了抵制套用理论的诠释,曾经呼吁一种肉欲的艺术。听起来似乎耸人听闻。事实上,她所要说的就是文学或艺术不是没有生命感的知识，而是透过“感觉”去和作品中的生命接触；透过肉体的五官去感受意象里的声音和视野，再从感受中延展成智慧。没有这层感受的“知”是蛮虚假的。

16

批评家要从文学作品中感受生命才可能再将其感情升腾成哲思而成为文学思想家。一般人对一首好诗没有感觉，主要是他对人生已经没有感觉。

诗只写给潜在的诗人看。诗的读者不一定是文字的诗人，但一定是生活的诗人。

诗的阅读与诠释

1

诠释要基于有感的阅读才有意义。

诠释是基于阅读中强烈的感受而将其感受再化成语言。

阅读一首诗要有感受,先要将作品视为一主体,而非客体。读者不是挖掘或分析一个没有感觉的客体,而是借着阅读听取作品中的声音和其中的意识融通。

2

海德格尔曾一再说明:不只是我们运用语言,而是语言和我们说话,语言是说话的主体。读者意识到诗中的意识,阅读因而再也不是个人孤独地面对一部没有生命的客体。

读者在阅读中,虽然是一个人,但时时感受到诗中有某种意识在和其沟通,因此从来不感到孤单。

亨利·戴维·梭罗(Henry David Thoreau)说,有灵性的人享受单独(solitude),而不感到孤独(loneliness)。

单独一个人而不感到孤独,正是阅读的乐趣,这时读者以心灵的空间取代客观存在的空间，以心灵意识彼此的融通替代表面上孤独的存在。

3

阅读进展的过程中，“我”的定位由读者转移到诗中的意识，进而以作品中的意识为意识而达到意识交流。读者这时在默默中享受意识交流或意识融通的乐趣。

4

一本诗集虽然尚未打开，但书本和作者已向读者散发其中的意识，诱使读者打开它，阅读它。诗集被打开(翻阅)是实际上的动作也是暗示性的象征行为——它要展开其中的意识。

所以“打开”这个操作表面上看来主体是读者，但其主体实际上是书中的意识。诗集一旦打开，作品的意识即和读者进行一场辩证的拉扯。

一开始，作品的意识必须诱使读者继续读下去，以诱使的动作而论，诗集中的意识是主体。另一方面，读者有权不被引诱，他可以合起书本，不继续阅读，读者的意愿说明读者是主体。

但若读者继续阅读下去，“主体”的定位就会一再地转移。

5

读者以动作的主体进行阅读，但当诗作透过文字来展现其意识中的世界，读者若是受到吸引而浑然忘我，而几近一种“出位之思”，读者的“我”会暂时去除既有的先入为主(preconception)的意识状况。

文字中的意识向读者弥漫过来，语言款款而流，读者暂时忘掉周遭阅读空间的景象，书桌、书架隐退，各种声响咽哑，读者被导入文字中意识活动的时间，随着其中的意识而喜悦悲伤。

6

诗的阅读活动，最珍贵的在于透过文字摆脱现有时空的束缚，而进入另一心灵的时空。

在这心灵时空中，过去、现在、未来展现新的面貌，打破客体时间既有的次序，诗中的意识透过文字将读者导入一个新的经验，读者心灵时空的历程是一种喜悦。

7

不论以诗中的意识或和诗中的意识交流，阅读的乐趣建立在读者将其投入到作品的世界，而不是把作品当作一个冷漠无情的客体。

读者从诗作中感受喜悦和震撼。尽管思绪庞杂、时空交错,语言还未调理出一个秩序,一切尽在沉默不言中。

书写文字是以沉默和读者接触,意识交融的状况正如海德格尔在《语言天性》一文所说:“我们没有说出心中的一切,也未适切地加以思考,只是经历语言以其遥远飘忽的本质碰触我们的片刻。”

阅读中,新经验的历程和自我的体认都因某种震撼而不能言语,沉默因此也是一种喜悦。

8

默默中的意识交融建立于作品艺术性的完整,而好作品艺术性的成分在阅读时不会一直介入读者的意识。

换句话说,越能让读者有所感的诗作越能让读者在阅读过程中忘却其艺术性的层面,而只感受其美学效果的震撼。

9

诗人和读者都有诗作技巧的意识,但读者在阅读中有强烈感受的当下,却不会意识到其中的技巧。

此时若读者一直注意到作品的技巧,则表示其中的技巧一定有问题,虽然读者能有强烈的感受或者感动是建立于作品技巧的完整性。

10

读者在沉默中享受文字带来的感受，虽不能言语，但文字世界随即触发想象和联想。

意识状况此时也许不是真的沉默，但从外表看来仍不发声，不能判断是否已将感受诉诸语言。

作品中的意识所经历的经验引发读者联想其过去类似的经验，这些经验也许来自于个人，也许来自于听闻，也许来自于其他的文字。

联想因此是在瞬间将不同时空的意识融于一个定点，联想也使读者从特定阅读的定点（在书桌旁阅读的某特定时间）横越不同的时空。

11

但联想和已成文字的语言不同。联想大部分是片断交叉不成秩序，彼此互相切割未趋完整，脑中显现的是一个脸孔、一朵花、一首曲子的片断或一两句歌词。

这些片断的意象和歌声虽经所阅读的诗作引发，但却不是诗作既定文字的一部分，读者此时已从阅读转趋创作。

12

不论读者是否有丰富的联想，意识交融中的思绪没有秩序，读者在不同的时空中起伏，而真实的客体时间似乎暂时停止。无名感慨中，时间在沉默中流逝，而意识却又不觉得有时间的存在。

心灵时间和外在客体时间的比例完全倒错，直至外在世界类似“暴力”的介入，如电话铃响、门铃的声响、家人叫吃饭。声音的介入，使读者又回到现实和自我，遗憾地和沉默道别。

13

阅读中有“有所感”的沉默，阅读后有久不能语的沉默。

阅读后诗中的情境和文字仍盘桓不已，一些震撼性的诗行如艾略特的“我应该是一对破旧的钳齿/在寂静之海的地板上疾行”或洛夫的“棺材以虎虎的步伐踢翻满街的灯火”更是萦绕心中挥之不去。

这样的沉默有时持续两三个小时，有时甚至两个星期，书中的情景和意象有时使读者陷入一种情绪而不能言语，有时使读者陷入想象和联想的活动，有时使读者继续在不同的时空游移。

14

随后读者的意识又慢慢恢复自我。读者这时和诗作保持一种若即若离的距离，一方面仍不能忘怀阅读时沉默的感受，一方面又试图用语言道出其中的沉默，这就是所谓的诠释。

15

诠释因此是基于有感受的阅读，知性的分析来之于有所感的了解。

诠释是阅读和作品的意识交感（interaction）的结果，交感的活动一再说明作品不是没有生命的客体，诠释因此也不是只为了分析而分析。

16

诠释借用语言表达阅读时的沉默。

阅读时难以表达或不能言语的心路历程都经由诠释化成文字，以文字再现阅读中的经验。

由于再现的过程已加入读者的体会和想象，读者此时从事的不是还原诗人艺术性的世界，而是美学世界的创造。

17

诠释因此不是追溯诗人的创作意图。

诠释既然是美学世界的创造，诗作中显现的技巧不必解释成诗人意图或设计的一部分。

另一方面，阅读时读者融入作品中不会特别注意其技巧，但在诠释时技巧的讨论难以避免。

正如上述，阅读时一直引起读者注意技巧的作品一定有问题，读者感受的程度也因分散注意力去留意技巧而大打折扣。因此，若是诠释是基于有感的阅读，所诠释的作品技巧上就必然有相当的说服力与完美感。

18

这时所讨论的技巧也是有感而发，而不是纯粹做技巧分析。

基于有感而发再谈论技巧非常重要，因为写作发展至今，再拙劣的诗作，也可以洋洋洒洒写出十几页的论文讨论其技巧。

纯粹谈论技巧可能又是为了分析而分析，而不是为了表达先前有所感的阅读。

19

诠释若是基于有感的阅读，则诗作技巧的讨论是读者构筑美感世界的骨架，而这理性的骨架并不脱离情感的血肉部分，诠释和阅读因此唇齿相依。

阅读和诠释的关系正如海德格尔和伽达美所讨论有关了解和诠释的关系。

诠释基于了解而让了解展现自我，意义借诠释彰显，但并不因诠释而变得丰富。诠释是源自于了解又回归了解，而形成一种诠释循环。

有所感的阅读也是真切了解作品的阅读，诠释使了解呈现自我，因而也就是用语言表现沉默。

诠释循环不是“恶性循环”，语言表达既有的了解和感受，阅读就促成了较有说服力的诠释。

20

文学上的“了解”（to understand）和科学上的“知道”（to know）不同，前者是基于本体（ontological）的了解再诠释，后者是借知识性（epistemological）的实验分析再寻求了解。

前者始于了解而终于了解，是环性的；而后者是以未知作为追求的起点，是线性的。

由了解而深深感受，再由深深感受而诠释，和一个化学家在试验室从无生命的化学元素借着耐心和毅力做实验，两者极不相同。

从某方面来说，念文学并不是纯靠努力或毅力就有所得，因为我们可以凭着毅力去“知道”一件事实，但我们却无法保证单凭努力或毅力就可以发挥“洞识力”（insight）而真正“了解”纤细繁复的文字世界。

念文学不是只去“知道”有关作者、作品或某种主义等既定事实，而是一个小小的意象、一个小小的眼神能触动我们的心弦，正如宋太格说，我们要去感觉或感受（sense or feel）文字，而不只是追求知识。

诠释是要表达阅读时默默心弦的振动，而不是把有生命的作品当作无生命的个体，为了分析而分析，为了诠释而诠释。

诗作的阅读，更是如此。

“现代诗”和诗的都市化倾向

1

诗人和语言充分地融通，而突破文字的框限。文字造景，使诗人从现实原有局促的观点跳开，变成一种灵视。

2

诗是时空经纬线的交集。诗的生命和时代脉动。时空不是一台戏里随时可抽掉的装饰性背景，而是主动组件。一个写景的诗，读者也可借由景的描述，看诗人对时代的意识。

3

任何一首再“古典”的诗，在创作的时代里都应该是一首现代诗。

从古典诗到当代诗，除了某些诗的基本精神的延续外，也有些实际上的质变。这些变化也就是所谓诗的都市化倾向。

4

诗是人生最真实的见证，因为它不是表象的模拟现实。面对如此的变异，诗人是否只是消极地缅怀往日，追忆老祖母的田园山色、红木古床？

5

回忆最大的代价是将过去的岁月再度扭曲。

回忆者似乎忘却了昔时茅坑的脏臭，红木床头旁边马桶的异味。

假如诗以回忆为目的，而不是经由回忆迂回，再转现在，诗已丧失了现代精神，它只是增加一些长吁短叹而已。

6

若诗人以现代意识来处理都市对乡村的颠覆渗透，他会巧妙地避开考古或在回忆中自怜。

生活无不笼罩着都市的阴影。诗人正敏锐地捕捉这些阴影所凝结的意象。

一个蹲在抽水马桶上看报纸的农夫，可能因为某些新闻而便秘，可能因为某些新闻而拉肚子，隔着一道木门，这时传来一声城市女孩娇滴滴的招呼："早安，您好！"。

7

而城市里为了某些新闻便秘或拉肚子的人可能更多。股市、房地产、竞选使不少人的心情，正如 MTV 广告牌上的霓虹灯。

诗人在这表象的繁华中看到整体人文命运的坎坷。许多人只有眼白，没有瞳孔，取而代之的是两个金钱的符征。

8

在这样的社会里，诗人并不是在诗中召集许多都市生活中的人或物，就使诗富于时代精神。这些器物在有些诗中，只是被动的道具和装饰品，诗人或诗中人并没有和这些人物互动。

有些诗中人的意识和道白甚至和这些人物毫无关联，若将这些“道具”随意更替，以十八世纪取代二十世纪，他们的思维仍然不变。这些现代器物又是一种假象。

9

诗的都市化倾向是一种意识，是诗人和时空交感后的思维。

诗人看到这个时代符征和符旨的剥离。

正如表面的繁华实际蕴藏人文的黑暗，语言尤其遭到空前的亵渎。

10

房屋广告强调所盖房子的山林之美，却以欧美的风景介入篡接。这是正文(text)和本文(context)的背离。官方口口声声要取缔地下投资老鼠，但制造声浪是为一点“新闻”，声浪过后，老鼠越养越肥大。

11

诗人若要碰触这些现象，总觉得自己碰撞得血迹斑斑。当然，对于诗人来说，这不是兴文字狱的时代，但此时此地的政治不追究诗的文字，实际上是因为社会普遍认为诗的存在无关紧要。

12

不论古典诗或现代诗，语言必须“现代化”，诗才有其存在的理由，否则诗将被以政治或社会意识形态的散文所吞食。

13

诗要触及现实中的名实相悖、符征符旨相违，而诗若是文字如散文，则诗未能建构，便已自我解构。

诗有意迂回而让人误解成文字的戏耍，但诗人要呵护的是：诗不做说明。

诗不是会议通知，也不是遗失启事，更不是马桶使用说明书。

14

诗人处于特定时空的交集，他的生命有待诗去延续，但诗的生命能延续多久，就要看诗人在世时，对特定时空的感觉。透过诗语言的本质，来表达这种感觉的，我们叫作“现代诗”。

写我、写他、写诗

1

诗人的心轮配合都市的齿轮。这无异又是一场诗人和现实的对话。对话是语言的运作，心轮滚动下的诗作，是以碰触现实作为诗存有的依据。

处理现实，不论是描写都市或农村，当诗进一步要碰到社会的痛处，指陈政治问题，大部分的作品都成为“语言工具论”的牺牲品。

2

“自我”是诗人最难面对的对象。诗总难以摆脱自我的意识，但诗人又需以人文的观点映显他人的经验。

正如莫里斯·梅洛-庞蒂（Maurice Merleau-Ponty）说：因为有“他”，“我”才得以存在。

诗的成长大都是从稚幼期中强烈的自我，转进到成熟中适度地去除自我。从写“我”到写“他”的过程是诗人成长的必经之路。一个只能写自己经验的诗人很难成为有深度的诗人。

3

从“自我”到“他人”也映衬从情感的抒发到知性的内省。

诗一旦从“自我”转化成“他人”，诗便较冷静、较能以知性的眼光来看待人的处境，虽然这个他人隐约有“我”的影子。

4

诗人对于“自我”的割舍，反而能保有一个饱满的自我。诗人想在时空中留下痕迹，唯一凭借的是诗，但诗中自我过度的介入，却足以将“我”抹除。

一个能善待“我”的诗人，在诗中将“自我”腾空，而终至保有自我。比较成功的诗人大都能巧妙抑止“我”的膨胀，而使诗变成冷凝的个人且是普遍人性的写照。

5

诗人对“我”的控制，却使“我”在文学史上彰显。当“我”能经由诗艺术性地处理，诗所呈现的已不是私人的(personal)我，而是有人类共通性的个人(individual)。

“私人性”的诗作有如日记，只对书写者本人有意义。

有些人要闻臭袜子才能写诗，那是他“私人的”癖性，和诗学无关。

6

进一步说，个人的成就即是文学史上的成就。任何阶段的文学史无不是个别成就的累积。因此，一个团体，如诗社的宣言不能代表成员个别的主张，个人的成就也不一定反映诗社的水平。

诗人组织不少诗社，但诗社或诗刊的兴衰却不影响到个别诗人的发展。文学史是杰出个人的展现，而非诗社或诗刊的兴亡史，平庸的诗社也无以遮掩成员个人的光彩。诗人在诗中适度去除“自我”而在文学史上确立这个“我”。

7

比较杰出的诗人在诗作中，摒除个人生活中的癖性，他们和语言对话，而以语言铭记周遭的人生。诗人以诗证明自己的身份，故诗中的我不是现实生活中的“我”。

诗人透过文字表明存在，因为作品里的诗人不是真实生命里的肉身。他五官的齐整并不重要，重要的是诗行里的“形象”。

真实世界的诗人和一般人无异，他要按生活既定的步调日升而起、日落而息。诗人也要蹲马桶，做一些非常没有“诗意”的事。但写诗时，他使肉身化成无形的面目，呈现于字里行间，诗人以披戴文字的面目向不同时空的人表明身份。

因此，诗人对于“我”的处置方式，无形中变成诗成败的关键。通常面对现实的激荡，大部分的诗人都略显急躁，急于介入诗行，以干预诗中的“我”。

8

文字是诗人和语言互动的结晶。文字的点滴，就是两者一来一往的交涉融通。也许语言在意识里带着微笑招手，但诗人那一瞬间只能回报一个尴尬的眼神。

有时，语言以丰沛的气势试图将诗人淹没；有时，语言以柔美之姿向诗人要求。诗人在这两极的拉扯中一方面要把持自我，一方面又要进入语言。

一连串的互动也许是经年累月的事，诗作是互动后的新生命，在这生命诞生的前夕，诗人已经从和语言的相对，变成二者合一。

语言是存有，以“用”或是“操控”语言的观念所写的诗，注定要失败。表面上，诗人为现实悸动是人文精神的发挥，以写（事实上的批判）“他”来取代写“我”，但若将语言当作使唤的工具，写诗的人实际上是“自我”的另一种肿胀——他将“自我”凌驾在语言的“我”之上。

9

语言化身文字而铭记诗人的存有。诗中语言的成败即是诗作的成败。当语言崩垮，只剩下一堆讯息，诗作便沦为一篇社会报道和控诉。

一首控诉“诗”能比一篇社会学的调查报告和分析更具说服力吗？如把诗用来诊断社会的症状，诗人乃成庸医。

本质上，诗只能描述（describe），而不是开药方（prescribe），更不是动手术。

10

当“诗人”为了一社会现象造成心灵的震撼，他在倾泻内心的控诉时，事实上是将情感交诸情绪，所表现的是地道的“我”，虽然表面上是描述“他”。

将语言当作工具，也是把语言中性化，认为语言像茶杯，倒入 100 摄氏度的沸水，也不会叫痛。

语言的“中性论”相信语言没有色彩，没有个性，它只是被动地传达一个旨意、一个讯息。语言这时已沦为一个记号，传达的过程中记号如红绿灯一样，唯恐交通秩序乱了章法。假如诗的语言只是如此机械的记号，诗人何必写诗。他应该以散文写社论，写陈情书，或到街头喊口号。毕竟诗的读者群是那么稀少。

11

诗和散文的区别，许多诗论家和诗人已论及，不赘述。大体说来，两者最大的差异，在于文字中“空隙”的有无。

虽然现代诗都是以白话文写成，诗的语言是视野的呈现，甚至是多重视野的重整或压缩，以表达灵慧的诗趣，而这个诗趣经常来自于文字中的“空隙”。

但散文大都有“说”的倾向，语意很少留下回味的“空隙”。

有时候个别诗行看来像平白的散文，但其诗意建立于整首诗的戏剧性，整首念完有回峰突转的兴味或反讽，这时仍是首成功的诗，而不是散文。

12

诗本体是容纳散文所要排斥的所谓“残渣”，这些“残渣”从散文的眼光看来，只增加歧义和繁复，会阻碍信息的传输。散文要求语言清澈见底，意义和讯息在其中历历在目。

13

诗人因为散文式的口语无以表达心中的沉默，故写诗。

诗人写下沉默。这沉默可能是诗行间的空隙，是诗给读者的想象空间。

虽然文字是白话，诗是地道的书写，而非口语，而书写本质上所要表达的是弦外之音、言外之意。

诗人在心灵的静谧中写诗。诗是诗人写作时内心的独白，而这个独白的唯一听众是语言，和语言对话的结果才有诗，对话在沉默中进行。

诗人以沉默的心情来聆听现实的声音，将激荡的情绪交付给语言，和语言互动后化成文字。大抵情绪的激流会淹没语言，而语言一旦流失，诗也随之荡然无存。当诗的沉默被所有的喧啸所掩盖，诗就很容易变成说理或呐喊。

14

诗人写诗是要透过诗讲话。不操控语言，使语言成就诗在美学上的定位，是对诗最起码的尊重。

15

严肃诗人对人生终究会感受到：操弄语言、语法演练是自我封闭的写照；如此的诗大都是雕虫小技，不能长存。

表面上，符征似乎挣脱符旨变成自我的纵容，但诗人的符征到头来总隐约朝向符旨跳跃。

有些诗人以图像取代意象“写”诗。基本上诗中图像的运用，是诗人语感匮缺的表征，因而以文字演练力追形象；而意象则是诗人对文字的自觉，是诗语言的本体。

当然，有些图像诗纯粹是为了游戏。

16

写诗是极严肃的，但所谓严肃，并不是板着脸，皱着眉头。

诗人面对人生的悲喜，和语言沉重对话，诗因此不是呈口舌之便。机智本身也不是诗，除非它融入人生严肃的课题。

当代诗人的某些诗有游戏的倾向，但诗作的成功与否不在于游戏策略的巧妙，而是要看这个游戏所暗指的世界。现实有时是个禁忌，游戏策略也许是一种迂回，它所显现的可能是另一层次的讥讽和悲哀。

解构的意义当如是。

诗和蒙太奇

1

诗的生活空间是艺术的世界，这个世界以创作的心灵时间与日历、时钟标示的真实时间相抗衡。

2

诗将外在的世界浓缩，而将一个短暂的片刻延伸。

文字将时间空间化，文字所占的空间是心灵时间留下来的标记。

诗，正如电影的蒙太奇，都是时间空间化、空间时间化的艺术。

3

基本上艺术的成就主要应验其重整现实的能力。现实中一个漫长的暑假，在文学中只留下一个句子，而闪现心中的一个意象，却可引发几页的联想。马歇尔在《史万之途》举杯就口的瞬间即占了十八页描述的篇幅。

4

诗将时间的长短重新整理，诗也将不同的空间加以组合。

正如电影的蒙太奇，诗剪辑客体时间里的事件。

蒙太奇使镜头彼此相连而迸出意义的火花。一个微笑本身难以看出意义，但在夜以继日的开会后，一个主持人微笑的特写就深具意义。

5

诗比起小说和戏剧，更像蒙太奇，主要在于精简的文字更适于表达景象剪辑所造成的震撼。

诗行："旗帜是月亮留在战乱的脚印里的霜。"一个语意饱满的瞬间，多少不同时空的场景彼此并置而成，旗帜、月亮和战乱的脚印里的霜，本属不同的个体，经过剪辑，时空压缩，现实重整，而造就一灵视的世界。

多重的经验借由文笔的剪裁而成隐喻，并致使个体变得有意义。

6

不论诗或电影，朦胧或暧昧使语意富于可塑性，激荡想象的意象或映象有别于实际的形象，诗本介于现实和非现实之间。

从远景到特写正如从全景到个别的细节。细节是全体的具体而微，通常是生命的沉积。

有时诗如镜头移动，由左至右，或由右至左，景物一一罗列，但在罗列中彼此语意相系，牵引编织更大的意义，如："风起的时候/一只蜻蜓从池塘的皱纹上面起飞/一株花拒绝了一只蝴蝶/一朵云推开了一座山。"

7

诗一直以文字之便，超乎现实逻辑的规范。

文字比映象更适于表达以物代人的动作，类似"阳光在云堆里思考是否退隐"使意象实中带虚，虚中带实，增加一层视野和想象空间。

8

诗节间的空白犹如镜头的交替，是诗或电影沉默的语言。

诗本质上是从口语中挣脱而化成书写文字，从声音到沉默，所有的留白可能是最广泛的想象空间。

镜头在转换中，可以映显人事的对比，或交代时光的流逝，诗更能以无声的留白力陈世事的变幻。

9

诗的进展，不论由语意构成文法，或由语法刺激语意，一切的联想或多或少基于逻辑的思维。

诗和逻辑彼此若即若离，完全遵照逻辑，诗意全失，文字只是被动报道琐碎的事件或重述机械的理路。

但若完全背离逻辑，诗可能荒诞不经，沦为梦呓。

诗在逻辑的常轨下适度曲折变异，而又不脱序，以免变成精神病患的视觉。

诗本身多少有超现实的倾向，但如何和逻辑辩证，以求得一平衡点，正是成败的关键。

10

诗从景象的逐一罗列，或各节的比对，夹以中间的留白，或由个别比喻推展成整首诗，或由意象并置激发成比喻，都配合诗潜在逻辑的运行，使诗富于韵律感。

现代诗不讲求押韵，但它要有韵律。

韵律狭义言之，是以声响考虑。广义言之，韵律涵盖整首诗的措辞、诗行中意象的安插、诗节的进展，正如电影长短镜头的调整、远景和特写的轮替，使作品富于韵律节奏而不呆滞。

11

诗和蒙太奇的契合说明，剪辑赋予作品新义，所有的比喻都可借由并置而产生。

意象的组合正是艺术家对现实和逻辑的重整，虽然艺术不反现实，也不一定要推翻现有的逻辑体系。

借由诗和蒙太奇的参照，一个诗人应该多看好的电影，导演应该多看好的现代诗。

诗的哲学内涵

1

诗在模仿论和解构主义的两极摆荡中，如何自处？于今，重新审视诗和哲学以及诗和现实的交互关系，可能是诗或诗人“存有”的关键。

2

诗的存在赋予自然一种次序。

在好诗中，人的激情、自然的形象一旦步入文字构筑的形式，形象转化成意象，情感升腾成智慧。普罗提诺(Plotinus)所说的“智性之美”，康德(Kant)的美学观点都已摆脱被动模拟自然样貌，而赋予形式相当大的地位。

当新批评和形式主义宣称文学的自主权时，形式变成主要的内涵；形式不是信息的承载者，它本身就是主要的信息。

3

但如何将形象转成意象，如何使形式变成信息本身，又很容易使诗沦为“技巧论”的牺牲品。

当诗探究“如何”，以取代“什么”，诗人应自我警惕使诗心不被简化成技艺。

所有艺术最高的技巧是没有明显的技巧。以技巧表现形式，形式已成形而下看得见的表象而已。刻意表现形式反而将形式的内涵掏空。

4

如果形式的展现是一种智慧，完全以“如何”表现形式又已背离智慧。典型的技巧论也可能因而只是机械的演练，而不是哲思。

二十世纪俄国维克托·什克洛夫斯基（Viktor Shklovsky）的“艺术即技巧”，积极方面可使读者“正视”形式的繁复性，但也难以避免地使读者在一些展现技巧的诗中，误以为诗是跑江湖式的杂技。

二十世纪五六十年代的一些台湾现代诗，以新奇的诗行安排形式遮掩贫乏的诗质，正是误食“艺术即技巧”这一帖“补药”的结果。补药被误用，事实上已成毒药。

5

技巧也许可使人看到另一片新天地，使人“发现”到乔伊斯、沃尔芙夫人的小说，艾略特、康明思的诗。

但技巧论也可能使人误以为创作如修车，只要熟读手册，演练零件拆装，就可以成为小说家和诗人。

技巧论通常的结论是倾向一切规则化、客观化，而一旦客观化，文学就如科学。这就是“新批评”一方面讲求以科学精神研究文学，一方面又力辩文学和科学之不同的潜在矛盾。

6

反讽的是，形式的创见是一种智慧，逼近哲学；讲求技巧的形式反而远离哲学。

如何使形式变成哲学的磁场，诗必须透过形式调变哲学里的抽象概念。当诗不论述、不说教，但又能散发出哲思的磁力，诗才可能是高度的智慧。

7

无疑，诗是形象转化成意象后的“形式”。

当诗的意象决定了自己的形式，诗的哲思就确定将和哲学的论述迥异，后者是抽象思维，前者是意象思维。

海德格尔曾说：诗和思想是近邻。

弗里德里希·威廉·尼采（Friedrich Wilhelm Nietzsche）说：要有芬芳的思想。

当意象渗入思想，思想就有了芬芳。当思想渗入诗行，诗就有了哲学的厚度。

哲学接纳意象可使理念布满诗质，使哲理富于生趣和人味，这都是柏拉图始料未及的。

哲学可以理直气壮地展示意象的印记，但哲理只能隐约含蕴于诗行。

诗学可以明白道出诗的意象，诗却不宜直接讲出哲学思想，它必须经由意象中介。

8

任何诗人对人生的感悟都不宜用文字“说”出来，语音在诗中过滤、沉淀而成为视觉的意象。

意象是意识投射的结果，形象转化为意象正是思维后的产物。以视觉取代听觉，沉默的本质不言而喻。

9

诗是沉默中的独白，意象把喧腾的语音凝聚成静谧。

当现实的世界在口语和散文中说教、喊口号，诗的意象吸引的则是读者的眼神。视觉展现空间，但这空间的构成要素不是真实世界原有的形象，而是意识运作后的样貌、诗人的感悟和哲思。

10

诗人的感悟和哲思就是诗中沉默的独白。

因为是独白，所以仍有声音，那当然是潜藏的语调和弦外之音，但这些语调本质上是沉默的。

诗中的哲思再也不是抽象概念的论述，而是蕴义丰富的意象。诗是意象思维，写诗是写下沉默。

11

假如意象已经凝聚了感悟和思维，而诗又都离不了意象，是否每一首诗都有哲学的智慧呢？

柏拉图将诗从哲学中放逐，诗无形中常被视为只是一些生活的小感受。意象当然暗藏诗人的思想，但许多诗的思想却缺乏哲学的厚度。

假如意象使诗从抽象概念中解脱，诗更高层次的意义是透过意象再进入抽象的哲学领域。

12

纯粹以形式表现智慧的诗，在俄国形式主义的默许推展下，占据了诗人多少宝贵的时光？

但美国的“新批评”在肯定形式时，有一番智慧的内省。约翰・兰塞姆(John Ransom)扬弃纯粹抽象说理的“柏拉图式”时，也质疑“物象诗”(physical poetry)。

兰塞姆认为物象诗的意象中，人的思维极稀薄，所谓意象几乎只是物象的直接投影。物象虽然进入诗的“形式”，物象的展现虽然纤细，但由于缺乏人的思维，反而变得琐碎，无甚意义。

13

诗更需要和哲学结合，而不是停留在“如何展现形式”的思考上。诗在生活中以意象做形而上的思考兼具了人文精神中的生趣和哲思。

刻意地讲求形式使诗变成技巧演练，而丧失人味，“新批评”如此的视野已和俄国的形式主义大异其趣。

14

清朝费锡璜曾说：“诗主言情，文主言道；诗一言道，则落腐烂。”

诗和情、文和道是一般理所当然的归属。但诗和道也可以贴切契合，关键在于彼此的牵连不是言明，而在于意象沉默的语言。

说教使道变成迂腐，但这并未意味着诗只能主情而不能含道。诗和道或诗和理的交融才能从抒情的小感受进升至哲学的层次。

15

意象本身即虚实相济，实的部分是肉眼可见的形象，虚的部分是人的思维。

诗的存有在于意象思维。诗在规避抽象说理和物象直接投射时，意象在沉默中对人生的哲思，是诗“不得不”的命运。

16

诗的哲学层次并非架空的谈玄说理或强说禅。如果是禅也必是一种生活禅。

若诗人大半辈子都以云游山水的态度写诗，诗表象似乎有一些超脱红尘的禅趣，但细究之，不是诗人对人世的生命无动于衷，就是没有能力书写现实人间。

正如上面所述，书写现实人生的诗是对诗人最大的挑战。关键在于妥适的美学距离：距离太近，趋于滥情；距离太远，流于无情。

17

红尘喧嚣，世事浮沉，不忍卒睹，但诗的世界却来自于红尘。诗深沉的感悟的首要条件，在于诗的生命感。不为生活撼动的诗绝对缺少哲学的厚度。

正如海德格尔所说，世界可能张牙舞爪，甚至可能吞噬个人，人活在这个世界，是“不得不”的存在。但人只有感知这些潜在的暗影，而又“坠入”或“投入”这个世界，存有才能彰显。

诗人永远处于个人和世界交相触碰的界面上，诗人最能感受到如此类似弓弦摩擦的颤动。

诗的生命感就在于这种撼动。悠游山水的诗，所谓禅趣大都曝显诗人生命感的匮缺。

18

诗人所感悟的哲理绝对是来自于人生。但现实取材，若是诗缺少哲学的厚度，现实事件过后，诗只能在垃圾场里滋养细菌。

现实事件如过眼云烟，必须在人们心中回响冥思，才能在另一个时空展延。诗将时间空间化，但诗行中若没有哲学的省思，诗的生命只能拘囿于特定短暂的时空点。

19

诗和现实的辩证因此过滤掉两种诗。

一种是反映现实，但诗的着眼点只是转述或抗议现实事件，其社会性的意义大于艺术性或哲学性；时间落差后，这些诗只是研究某一时代参佐的资料，而非意象引发的美学或哲学式的联想。历史的事件一再重复，诗所处理的现实，只有进入哲思的层次，才能在不同的时空回响。

另一种就是前面所说的，在诗中强说禅。事实上，有时诗人写禅也是遮掩诗艺不足的障眼法。

20

生活中世人最熟悉的题材在诗中最难处理，因为要在平凡中显现不平凡，要凡中带奇。

当“禅”在诗中飘飞，文字可以肆无忌惮地游走，读者若不能有所感悟，诗人可轻易责怪读者不能参透所谓的禅机，虽然真正的原因是作品的诗艺不足或没有生命感。

哲理并非禅机，因为它必基于诗的生命感。哲思的意象无形中变成诗中潜在的戏剧性高潮，好似读者在诗行的流转中，经历生活的各种场景，最后在哲思的意象中体认到生命的本质。

21

具有哲思的诗行，对于生活或历史的思维也是对“人”本身的逼视，因此诗散发浓厚的生命感，令人凛然正色。

沉思历史和人生，诗在肃穆的意象和语调里展现存有“不得不”的悲壮。

思及生命如此的流程，写诗绝不只是抒发一些应景的小感受，更不是顾影自怜或自艾自叹，也不是自命仙风道骨强说禅。

22

诗人面对人生沉思。诗人因看清人世幻灭的本质，而使写诗的瞬间充实饱满。

诗不是日记，诗行不是癖性或隐私的展示。感受生死之必然，诗人在诗中道出人间共有的命运。人经由沉思生死而变得智慧。

诗从个人的感受触发引起共鸣和哲思。进入诗的个人经验必是具有通相的个相。

23

诗从个相入手，而以共相为依归。

只有纯粹的共相而无个相，虚而不实，诗容易变成抽象说理；只有个相而无共相，诗很容易变成诗人情绪的自渎。

从个相到共相也是由生活个别的场景幻化成哲思的境界，好似原来大地上的花开花谢，人事兴衰过眼即成头上一片云天。

这是观点的跳跃，从目前的视野转向未来的观照，也是从眼前的立足点挪开，而以另一时空回看原有的立足点，那可能是记忆的回音，也可能是未来的展望。

诗人在不同的时空来回自由穿梭，因而可以触及存有和历史的本貌。

24

诗使人从定点跳脱，情绪转化成情感再转进成智慧。意象饱藏哲思，因此诗是感觉的智慧，是智慧的狂喜。

狂喜是基于人将不时流逝的时间暂时凝结成饱满的瞬间，而所谓饱满实际上是生命感和哲学的厚度。

人能从定点跳脱，也饱含透过沉思后的感悟和自信，把饱满的瞬间化成书写空间，把眼前匆匆走过的人生场景在哲学中归属成可能的永恒。

25

具有哲学厚度的诗带给读者的，不仅是感动，而且还颤动，正如弓弦触动声响后余音还萦绕脑际。

颤动也许是一种舞蹈，表现“智慧的狂喜”。保罗·瓦勒里(Paul Valery)著名的比喻：“诗是舞蹈，散文是走路”，即暗示诗是一种常理的跳脱。但跳脱并非是情绪发泄、理智崩颓，因为舞蹈的姿态即暗藏一种“肌理”和思维。

若能使诗饱含哲理，诗人将不屑卖弄机智，耍嘴皮子，更不会把诗用来倾销眼泪，或玩弄文字游戏。

26

若是诗人急于“告诉”心中的感受，而忘了可借意象“呈现”，文字将直指主旨，而未烘焙出读者读后冥想的韵味。

若是诗人力求以物象取代说理，繁复的语意汇集浓缩成意象，再经由其他意象并列勾勒出一个寓意概略的侧影，诗的指向不能用实线加以界定，而是赋予读者充分的想象空间。

诗不明言，而是由意象暗示激发读者，读者和其互动，才完成诠释。意义在诠释中产生。

27

诗人力求喋喋不休的言语趋近于沉默。以细致的意象化解说明性文字的叨絮。意象使读者在静谧中勾起对形象的联想和追忆，千言万语尽在不言中。

Ⅱ 现当代诗学

意象叙述

所谓意象叙述，是用意象的视觉性来推展叙述，而非抽象性的说理。

意象叙述有别于一般强调故事情节的叙述。

情节叙述着重于情节的布局与发展，意象叙述却由意象的特性带动叙述。

一般叙述在过程中也偶尔有意象的呈现，但是这时意象比较倾向叙述的点缀，是一种烘托，而非主体。

意象叙述则是以意象本身为主体，由意象本身的特质，开展叙述的路径。

意象的特质

意象的存在，一般读者以为是理念的具体化，因而也被误认为是理念的化身。如此的理解，在当代经过解构学与后现代思维的洗礼后，愈显其立论的盲点与痛处。

意象是个符征，但却可能是一个浮动的符征，而非是有特定指涉的符旨。

意象不是特定理念的化身，而是理念的切分与播撒；不尽然是理念的崩塌，而是借由理念的分解，摆脱可能预设的理念。

意象比喻的两头，建立符征与符旨的关系时，有时反而是两者的背离，比喻的建立反而演变成比喻的逸轨。

但如此的背离与逸轨，却能展现出诗意象传达人生复杂多元的情境。因为不受条理的规范，这些情境反而更真切地捕捉了生活中瞬间的状态。

一个诗人意识到诗的创造是展现诗冷峻聪慧的面相的同时，也自我解嘲自己如苍蝇对垃圾的贪婪。

再者，意象让诗的题旨摆荡于“是”与“不是”之间。

假如意象的多重意涵跳出目的论的包裹，诗的意象甚至能在正反两极里穿梭。

意象的多重面向，让自己发出“是”的讯息时，又蕴含自我的消解。

反之，在表象似乎全然“不是”的认定时，却发出意义隐约的幽光。

叙述非故事性的内容

意象既然不是目的论的化身，若是用来叙述，叙述的焦点就不再是故事的情节。事实上，意象叙述最重要的特色，不是呈现事件，而是事件在时空中沉淀心灵的印象。

印象展现的当下，并非价值论断，也非事件的来龙去脉。不是事件的还原，而是瞬间事件在观察者心中的形象所转化的意象。

意象不说故事，不假言说，但却更能彰显意识的多重面向。

叙述的空间化

不仅意象叙述不是呈现事件的细节或是说故事。既有事件的轮廓在诗行里大都只是呈现概约的情境。无他，意象的重点是透过事件思维，而非事件报道。

情境“概约”，意味并非没有事件，但都沉淀于意识，是意识化的情境。

意象叙述是事件在时间性的进展中，转化成空间化的形态。意象是叙述的空间化。

有些诗作，意象展现时间的内涵，但是叙述的重点不是事件在时间中的发展，而是时间凝止的瞬间所展现的空间化。

意象叙述不一定是描述一棵树成长中从根、芽、树干、树枝、树叶的过程，而是树干横切面所看到的年轮。横切点是当下的瞬间，在瞬间看到过往时间留下的纪录。

因此，意象倾向空间的展现，叙述根据时间进行；意象叙述偏向瞬间呈现不同空间的并时性，而非依照事件先后的顺时性。

意象的环链

有些诗，意象叙述着重的不一定是事件时间性的发展，而是意象与意象环环相扣，由意象刺激意象，由意象推展意象而促成叙述。

换句话说，不是叙述的网络决定意象在各个点的支撑与点缀，而是意象牵引意象的动作完成叙述。意象是叙述动因，是叙述的主体。

如此的诗作，与其说是瞬间整体的空间性构图，不如说是书写时，一个意象牵动一个意象，经由时间性的流程，而促成空间性的图像。

故事与言说

小说叙述是事件的轮廓转化成言说的美学活动。言说里大致维持故事的肌理与骨架，因此仍是事件时间性的叙述发展。

诗的意象叙述的言说则是：有时将时间性发展凝止成瞬间性里的空间；有时则是借由意象的特性消解叙述，或是将叙述翻转。

意象叙述是非目的性的舞蹈。逸走消解的解构性格，使阅读富于挑战性的趣味。叙述似有所指，但是可能迂回，也可能反向逸走，读者能真切体验其中的语调，是诗阅读的关键所在。

意象叙述与误读

意象叙述诱引读者误读，但读者似乎又能为自己的误读将其适度合理化。

误读可能是美学的一部分，但误读并非宣扬叙述的无政府状态。

任何阅读都不可能全面，阅读的创建经常有别于通论的切入点，但如此“非全面”的阅读，又可能被控诉成为一种误读。

反过来说，为了避免误读，读者可能陈述众所周知的现象，可能对既有事实陈述，可能人云亦云。如此的阅读是一种重复，甚至是变相的抄袭。

意象叙述经常布满陷阱。若是为了避免坠入误读的陷阱，诗阅读经常流于固定数据的展示，如作者的生平、创作时代背景，或是将诗的内涵减缩成明显具体的主题。

如此的阅读，读者所看的不是诗，而是有关于诗的叙述。

吊诡的叙述

意象叙述所展现的吊诡，其有趣与困难，在于目的性的隐约。在此，吊诡不是彰显的标签，读者因而更需要细致体验诗中人的语调。

人生的二元现象，在意象与叙述的纠葛中，显得更纤细复杂。掌握诗的语调，必然要掌握诗中人的思绪。

弦外之音的叙述

意象叙述的弦外之音，是诗美学殿堂里的瑰宝，语调的拿捏是开启美学殿堂的钥匙。

所谓诗的“韵味”在于心弦震动后的余响,在于声音过后意义成形的轮廓。不能读到诗的弦外之音,也无以感受诗真正的“价值”。

弦外之音却使读者在表象正面的含意里,看到负面的潜在含义,负面的陈述中,隐含浅浅的微笑。

说话者的语气和语调

说话者的语气和潜藏的语调时而相互辩证:有时语气与语调一致,有时语气与语调反面呼应。前者比较容易理解,后者则考验读者的敏锐度。

眼前的美景是一种观感,但并不确定就合乎地域性或是新一代的口味。当下的优美,也并不保证余生都如此盛景繁华。历史蜿蜒过去,过去并不能保证未来。

当下的瞬间是唯一的瞬间,并不能视为必然的常态。这是透过飘忽的语气所展现的语调。

逻辑倒错的叙述

意象叙述不是朝一个预设的目的推展,因此,逻辑的陈述,也可以倒错,在倒错中,显现人生的另一种真实。

文学的创造,有时会跳脱惯常的逻辑,因为常理逻辑可能是思想的羁绊。但跳脱惯常的逻辑,并非意味诗是一种无政府状态,全然没有逻辑。

“意何所指”的叙述

诗的阅读经常会让读者陷入“意何所指”的窘境。意义上的朦胧也因此是语调上的朦胧。

意象叙述经常被合理化为“诗看不懂”，但事实上，意象叙述并非是“诗看不懂”的必然结果。

读者“逼视”好诗的意象，体会其“弦外之音”，当知其“意何所指”。

意义的双重面向

意象叙述有时不知意何所指，有时让意义呈双重面向，对读者语调的掌控更加困难。批评家经常将后现代理论简化为“无意义”，实际上是批评家不能体会复杂的“意何所指”与“意义的双重面向”的结果。

意象叙述导致多重或是双重面向与意象的特性有关，意象叙述不是目的性的导向，而是叙述道路上别有蹊径。

意象叙述的双重面向，使意义变得纠结难理。读者对于意义的“掌控”，必须体会到诗中人如此的叙述语调，不是要呈现指向性的意义，意义在此正反相迭，似左似右。

但如此的“矛盾”，并非宣示诗没有意义。

不能感受诗中人的叙述语调，事实上也暗示读者无法感受到意象叙述里纤细复杂的人生。

一个粗枝大叶的人，很难听到诗行中语调的弦外之音，但他却能理直气壮地说：这一首诗没有意义。

比喻与抽象具象化的关系

叙述的意象化

叙述是逻辑的推展。假如叙述没有情节，则是理念的串接。假如是情节的叙述，则是类似一种故事开始、发展与结束。前者仰赖逻辑的严谨度，后者依靠叙述的可信度与说服力。叙述是线的展延，是时间点滴的接续。

叙述的意象化则是时间之流中瞬间的空间化。意象是某个时间点瞬间开展的空间。

叙述让读者与观众问下一秒钟会发生什么，叙述的意象化让读者看到这一秒钟如何呈现具体的细节。

史诗或是叙述诗强调故事的发展与演变，也就是时间顺时性的发展。情节是读者关注的重心。叙述的意象化，读者所要追问的，不是叙述接下去要如何发展，而是当下如何展现并时性的样貌。

意象叙述展现叙述瞬间悬置的美感。

叙述的意象化是叙述的休止符，而这个休止符可能比前后的音符更富于意涵。

叙述主要在于支撑情节，是抽象的逻辑。叙述的意象化则是使叙述的结构变成具有形状的骨架，支撑这个骨架的是肌肉与脉搏。

记忆里沉淀的意象

事件的始末与叙述的开展结束既然是时间性，时间过往，也意味叙述不在。时间经常在记忆里模糊，具体的事件因而变成抽象。往事回忆经常差强人意，因原先具体的事件已经缩简成一团朦胧的抽象意念。

但意象却使记忆复活。当一个风中摇摆的灯笼、一面雨中哭泣的旗帜、台风过后一部在茶几上的摩托车等等在记忆里闪现，这个瞬间也瞬间串接前后不同的瞬间而成叙述，原先的事件似乎在这个瞬间还原。

因此，意象闪现的瞬间，也就是记忆复活的瞬间。

存有的具象化

意象使存有的抽象状态具体化。存有是个抽象名词，存有的状态不是抽象名词的演练，也非远离人间的真空状态。

语言的开端用于指涉，符征指涉符旨，符号指涉现实人生的景象。

语言可能有两种发展。一方面，当语言自我指涉，语言也渐渐趋于抽象。假如语言是存有，存有也是抽象的状态。

另一方面，语言与意象的结合则不仅是回复语言的指涉功能，且因为语言已经出入人生，意象已经是存有的具象化，是存有脚踏实地落实于人生。

哲学的文学化

哲学家的智慧有时高悬于天空，远高于人间，世人难于企及。智慧的意象化让世人感受到哲学家“也是人”。

意象使思维与概念在人间找到对应。抽象概念经由意象化后，既保持其原有哲思的纵深，又让通相落实于个相。

哲学的文学化与文学的哲学化，正如海德格尔“世界”与“大地”的融通。

当作品富于深度，文学几近哲学；当思维富于意象，哲学几近文学。诗的意象思维正是哲学与文学的交融。

比喻与抽象具象化的关系

语言对理念的指涉趋近抽象，比喻的引用，使抽象具象化。但理念与被比喻的对象其实是两个相异的实体。由于隐喻，读者与观者发现原来的相异潜藏相似。

“你的口沫是即来的风雨。”虽然都是液体，口沫与风雨迥然不同，但经由“是”或是“像”的衔接，读者感受到“你”口沫的喷洒隐藏即来的风暴。人事的风暴预言自然的风暴。

比喻，因而可能是语言的自然现象，也许宇宙中各种相异的个体里，已经隐含各种相似。但在相异中发现相似，是一种创意行为。

若是客体原本不相干而经由比喻性的语言显现相似，文学已是超越既有的现实。

隐喻与转喻

隐喻经常以一个模拟的客体作为思维的对象，诗行的延伸，层层叠叠都围绕着这个客体进展，因此隐喻也变成诗的内在结构的化身。如此的写作，让读者很容易抓住诗的核心，也比较能感受到诗可以“看得懂”。

但“后现代”被标签化后，“恶性拼贴”成风，隐喻几千年来所经营的“结构”崩解，有些诗人扛着“后现代”的旗帜，以拼贴当游戏，嘲讽诗的结构，也是自我嘲讽诗的书写。

有时隐喻不能单凭自己的文字显现完整的语意，而要依赖前后文字的相依或意象的并置，换句话说，由语法上的并置引发语意的联想。

意象本身不能单独作为比喻，但借由意象和意象间的并置关系而造成隐喻。如此的隐喻事实上来自转喻。

转喻经由意象与意象的“偶发性”接触，促成联想而转进；有解构的倾向，但又不是结构的全然崩解。

隐喻：相似的间隙

但是比喻的主客双方毕竟是相异的个体。当比喻的主客体中间的“如”“像”省略或是消失而变成隐喻时，相异性的比重可能不亚于相似性。

隐喻的主客体，正如跷跷板两头上下一直在寻求平衡，隐喻的产生，只是暂时的稳定，这种稳定并不能掩饰两者的不同。人之娇艳如玫瑰，事实上，玫瑰除了娇艳外，还有刺，可能伤人，而娇艳的女子不一定会以刺伤人。

隐喻是语意的创新，在现有的语言中绝无仅有，其存在的特性是一种不寻常且令人意外的述语。

比喻的妙处是，我们在相异中发现相似，但如此的相似却更暗示两者的相异。

洛夫《夜宿寒山寺》的诗行："我在寺钟懒散的回声中/上了床，怀中/抱着一块石头呼呼入睡/石头里藏有一把火/鼾声中冒出烧烤的焦味。"

诗行中，诗人不可能抱着一块石头睡觉，石头暗喻沉重的心事。石头里面也不可能有一把火，火是心事炙热燃烧的隐喻。

在上述所有比喻的主客体间，石头与心事，火与心事的燃烧，烧烤的焦味与心事的灼伤，都存在着极大的间隙。隐喻让人体认到诗的创意，让人对生活的情境有所惊觉，而这种惊觉却建立于相异中的相似、相似中的相异。

隐喻不是理念的化身

比喻主客体在相似中展现相异，主要的原因是隐喻不是理念的化身。

所谓真理就是哲学家所要展现的理念，隐喻可能让原来的理念模糊，所要传达的"真理"变成"非真理"。

哲学家原先是要以隐喻说明理念，隐喻却让理念的意涵消减稀释而变成理念的替代品。

隐喻的述语形态

所谓两个词汇之间的张力，是两种对既定陈述的相反诠释——“字面上的诠释”与“隐喻的诠释”。

由于两种诠释相冲突，隐喻才得以支撑。冲突让“字面上的诠释”曝显其潜在的荒谬，“隐喻的诠释”让“字面上的诠释”在冲突中自我摧毁。

隐喻所赢取的就是这种荒谬与矛盾。

转喻与叙述的逸轨

转喻是一种修辞，这种修辞，不是装饰品，而是经常反客为主，取代主要叙述。假如叙述是时间的流动，朝既定的目标前进，转喻则可能是叙述的逸轨。

比喻的瞬间，就是叙述动作转移成让观者与读者凝视的瞬间。当一个“你的娇艳如玫瑰”的比喻出现于叙述，读者从一个女子的动作，转向注视她静态的姿容。

转喻的叙述逸轨，有两种状况，一种是抽象叙述衍生的具象意象，另一种是具象叙述衍生成另一个具象意象。

当抽象叙述衍生成具象意象，也意味着具象是抽象理念的逸轨。“真理旁边的一棵小草”这样的叙述，堂而皇之的真理和卑微的小草比邻。

具象叙述衍生另一个具象叙述，也可能是一种叙述的逸轨，这和上述以“像”“如”所连接的两种具象不同。后者强调静态的多重修辞，而前者则是动态的叙述进展。

由转喻促成隐喻是当代诗学极重要的发现。此类的隐喻与一般的隐喻最大的不同是：后者基于主客体本来的相似点，而前者则是两者原来毫无相似点，但是基于接续或是比邻而导引读者感觉两者相似。

转喻与并置

“你咸咸的笑容”，笑容怎么会咸？原来我们都在海边。

接续或是比邻以空间性的面向来说就是并置。由于并置，相比邻的个体、意象可能展现令人诧异的相似性，有别于一般常理的认知。这就是转喻促成的隐喻。

并置埋下因缘和合的种子。转喻产生的隐喻因缘相生，偶发性的因素决定了修辞与叙述的走向，因而富于解构的特质。

并置也可视为是抽象具象化的推手。抽象理念的并置不一定能具象化，但抽象理念与意象并置时得以具象化，如上述“真理旁边的一棵小草”。

比喻与书写

虽然口语也可能运用比喻，一个演说家经常以比喻来说服听众，这时比喻实际上是书写的映现。正如比喻的静态与叙述的空间化，比喻最适性的存在空间就是书写。

有些演说家口里的比喻大部分来自于先前准备好的书写，有些演说家能瞬间捕捉意象与比喻，而使口语当下趋近书写。

由于隐喻，书写不为玄学所规范，而隐喻的开端就是书写的开端，假如一般误解书写是口语的附庸，其存在的主要目的是还原成口语，比喻的运用足以说明书写已经反客为主。

诗是典型的书写，比喻因而也最繁复缤纷。诗的意象可能就是一种隐喻，因而诗最不受抽象理念所规范。

诗经常叛逆哲学主题，诗也经常以小博大，以意象的细节，在边缘反制理念的中心。

书写因而不是口语的附庸，而是文明的标志。因为书写，我们看到了文明演进的纪录。

语言、语音与声音的意象

1

声音和沉默是自然现象的两极。沉默中有弦外之音，寂静中的空隙默默刺激读者的想象而产生信息。

声音，包括自然界客体世界的声响，生活空间萦绕不断的生息，都在人的意识中衍生意义。声音和沉默是语言一体化的两面。

2

声音和沉默都不是有形的文字。声音不是具体的形象，不是触觉或视觉可感受的。声音既现之于无形，本体上有如沉默。以诗作来说，声音意象和沉默表面上是对立，但基于听到声音不一定要看到发声体，其作用也正如作品中未书写的部分，充满空隙。

3

因此，声音虽然以声响取代沉默，夺取后者的空间位置，但发出声音却在于产生沉默。

诗作在一特定的时空中发出声音，但诗作的生命想从有限的时空延续至另一时空，关键在于作品中是否有沉默的空隙。

声音的意象必须蕴含空隙，才能产生历经时空的沉默。

诗作中任何有关声音的描述绝非偶然，不论发出声音的人或物占有多少篇幅，声音总在发出信息，而此种信息总在意识和意识的交织回响中产生意义。

4

声音暗示客体的存在，虽然发生物在目前的时空并不存在。

当存在基于声音而不借形象，存在就试图打破其既定的时空。

声音可以使存在以不存在的方式出现，以时间取代具体空间的位置。实体虽在空间中消失，仍然能在意识中留下痕迹，“余音绕梁”就是一个例子。

时间无以表现形象，空间才看出实体，记忆正是将实体的存在从意识中过滤，而留下时间的影子。

5

人也许是先听到声音再想到发声体，也许是声音和形象同步完成，但细究之，人对声音和形象的认知绝对有时间上的差距，即使差距趋近于零。

有些声音朦胧，需经片刻的思索才能辨识发出声音的个体。声音总抢得时间上的先机。介入意识中的声音瞬间凝结成形象，虽然这些形象目前是看不见的，声音借由时间也使意识“看到”视觉的空间。

6

声音和形象的关系，正是文字和图画的对比。发生体以声音或文字展现，而渗入意识成图画。文字中，声音的意义在于以声绘影、以声呈形。

7

不论听者先捕捉声音，而后将发音体可视化，或是声音和形象同步，对于声音和形象的观察总有时间上的延误。发声体远离或已不在，在意识中成形必有时间上的差异。声形的互动使声音和语言变得更复杂。要诠释声音，声音就必须转化成心灵时间中的语言。

8

心灵时间中创造的语言有别于真实世界的语言。语言和意识交互活动后，和日常的语言之间，具有辩证的关系。

语言经历辩证，意识活动和既定的样式在摇摆中持衡。

语言一面打破成规，一面建立新标准。

意识施之于语言，不一定是改造遵循语言规则的用语，而是连接两个原本毫不相干的现实。现实一再以不同的方式操控人的存有。存有以创造新的现实反映既定的现实。

9

声音和形象的交互活动使语言更深入自然繁复纤细的本貌。“我们在满地的松针里，看到云的飞扬”，看到风的样貌，感受到“看得见的沉默”。

10

“你的表情，像是微风的叹息”，“午夜梦醒，原来是消防车的虚惊”。声音和意象的关系都是意识的观察。意识凝聚客体，聆听声音，然后将所看的所听的以“像”或“是”表达。

有“像”“如”的是明喻，有“是”的是隐喻。不论明喻或是隐喻，所连接的不只是个体和个体，还有意象和声音，还有观察的意识和被观察的客体。“像”或“是”的运用，使意识将客体主观化，意识直探敞开的外在世界，观察异己，也观察自己，从熟悉中看出不熟悉。

11

明喻的运用显示意识在不同的现实点上流转，现实并未相互取代，但诗行“文字走过淌汗的路面飘然/有如微风”，“走过”使语言拟人化，人的意象介入取代“文字”；“有如”却使“文字”和“微风”相交。

蕴含明喻或隐喻的声音可丰富视觉意象：“笔迹制伏热浪成声音/每一个独白都成回响/余音包围盛夏/酝酿一个春。”诗行中，由声绘形，由形捕声。意识“坠入”声形共生的状态时，它不仅从周遭的现实抓取一个心灵世界，而且惊觉自己就是观察的主体。

12

声音使缺无不在现场，又导入现有的意识。声音散发意义，当声音带走时光和生命，声音是存有的声息。“那是看得见的沉默，沉静如滴漏”，以沉静暗示不知不觉中时间的消逝。

意识能够了解或意会声音意象所发出的语言，但生活的琐碎使声音中的语言平平地躺在湖面上，人在某一刹那感受声音中的语言，但人却也在那一瞬间必须去面对生活中无可避免的琐碎。

13

意识诠释时间，也创造了心灵时间，以别于客体的绝对时间。声音的意象所传达的并不是绝对时间，正如语言表达的不是中性世界。

但感受客体的意识，自我存在的新发现和语言行为，都是在某一特定浓缩的时间内完成。

声音在某一瞬间吐露出一明晰的世界，而在另一刻的时间，这种世界既明晰又朦胧。

14

意识在声音中看到自我，声音被诠释成语言。声音和语言本质相近，因为声音是物体的符号，语言是存有的表征。

声音透过发音部位和存在的韵律传出，语言经由沉思和沟通传达。

语言和声音相互吸收变成语音。

叙述中语音地位举足轻重，因为它不仅涉及发音体，而且还暗指人的意识。叙述语音事实上就是叙述意识。

15

语音要求读者有敏锐的耳朵，它也诱导读者注视眼睛。阅读大部分是眼睛的活动，但语音引导进入听和看的领域，因为他必须再探索声音和影像的关系。

语音绝非来于空无、止于空无，它经由空气，而在意识的回响室里激荡。人要捕捉语音必须将发出语音的个体可视化。

16

有时语音被不同的意识混淆，它要发出声音时被导入一个曲折的隧道，而和另一个语音相撞击。当两个语音为声音争执，读者必须辨明不同的意识。

文学作品里，括号是一个较明显的例子，常用来指明缺席的语音和出现在作品里的语音相对立。括号可显示出两个状况的对应，或言辞及行动中的对比，有时且用来显现阅读他人意识时和真相的差距。

意识的世界里，括号以语音填补另一个语音。重叠的语音将读者导向一个多层面的意识世界。语音时常和观点混淆不清，这又增加了叙述的繁复。

语音和观点的混合产生所谓的“腹语效果”。诗中人以语音叙述，但诗行又同时将这个诗中人视为第三者，诗行中只让诗中人说出他的所知，但又让读者知道其中又有一个隐形的观点。

语音和观点的混合变成意识的多重投射。以上所引的括号作用在此。

17

语音意味讲话的空间。语音观点的交融、腹语的效果，都暗示无论现场的语音或不在现场的语音，都想夺取一个发声的空间。

诗行赋予诗中人一个瞬间。但一旦从这个瞬间抽离，形体即难以明确。当众多的语音无以使叙述成形，语音乃步入沉默。诗中人在沉默的语言中发现自我。沉默是一切要务的归宿。

18

沉默展现力量，写作威胁语音。

若说语音模棱两可，语言由于无法表达这荒谬的世界而被放弃，我们也可以说由于处于断裂的时间，人只有经由语言才能肯定自我的存在。

人的身份不定，存有如时间之滴落，割离飘散，语言正衬托如此的时间、空间和自我。

19

若所有表面的声响被诠释成意识的语音，意识发出语音如语言。

当意识将声音阅读成语音，声音、语音和语言就会彼此共鸣及回响。

沉默与语言

1

语言为沟通而存在，是内心世界和外在世界接触的凭借。但文明越发展，语言就越从外涉转趋自省，文学的语言犹然。

2

但语言的开始和结束总在特定的时间下进行，而任何言语的周遭却是沉默。

沉默存在于语言之前，也来自于语言之后。

所谓“语言之前的沉默”是指语言陈述已开始，却又缺少足够开展的空间。这时人取一个空间作为有力的立足点，以产生力度和悬疑感。

“语言之后的沉默”是结束语言的陈述。当人体会到语言若继续就反而破坏表达力的时候，人们就会珍视沉默的价值。

3

沉默不受制于时空，语言占有的是有限的时空，语言中的沉默使其有限趋近无限。语言的痕迹在空间所占的位置和浩瀚沉默的宇宙相比微不足道,以现有的文学作品放在时空中如此,以某特定的作品来说也如此。

作品中书写的部分,视觉上似乎占有大部分的书页,但实质上未书写的部分却充斥广泛的抽象空间。但读者时常只注意既有的文字,而忽视未书写的部分——沉默。

4

体认沉默的作家以未书写的部分展现戏剧力。让·保罗·萨特(Jean Paul Sartre)在剧本里指示要以沉默表演。塞缪尔·贝克特(Samuel Beckett)的《等待果陀》和《终局》里,沉默是剧本的主要“动作”。弗吉尼亚·伍尔芙(Virginia Woolf)的小说,沉默中的意识将外在的现实内在化,将客体时间的流动静止。

以个别作品来说,沉默形似附属的客体,但实为主体。

以某些标点符号来说,它不能被念或读出来,表现的方法唯有片刻的沉默。

若以声音填满标点符号中应有的沉默,作品的韵味将丧失殆尽。

5

标点符号是语法架构的一部分,它默默替文字理出一个秩序。一般文字中讯息需借标点来传达,而文学作品却借由标点的灵活运用，使语法既定的次序提升至想象世界的纹理。

创作时语法上的考虑促成阅读时的多重美感。逗点的有无，时间静止的长短，丰富了诗的层次。

标点的存在可显现心灵世界的纹理，标点位置的调整可映照想象活动的次序，标点的省略可丰富阅读时美感的层次。无论标点存在与否，它是一种符号，透过沉默发出讯息。

6

有时偶发状况之介入会默默改变文字的讯息。以制作的观点来说，科学较能依循设计的意图，而文学比较容易受到过程中偶发状况的影响。

但从创造的角度来看，不论文学或科学都会受过程中的偶发状况所左右。这些偶发状况无声介入却影响全局，只是科学事后能理出头绪，而文学则较难究明其理。

诗的状况尤其如此。诗作的产生经常从原有的写作动机中逸轨。

阅读过程也经常充满意外与偶发状况。偶发状况使每一次阅读都是独一无二的阅读。

美感经验随每次阅读而变化，而作品一旦完成，其创造过程中之艺术性考虑即永远不变，这再次说明阅读时追溯创作意图之谬误。

正文经阅读才能成为成品，沉默的偶发状况（未出现于文字）使每次阅读都出现诠释观点的飘移。

7

语言中,任何有形或无形的空隙都是沉默。

文字书写的部分传达知识,未书写的部分刺激想象。

文学是想象的活动,想象存在于空隙,空隙蕴藏沉默。

诗作里所有的标点、跨行、留白、隐喻、转喻都能产生空隙。其他类似如角色的眼神手势,舞台的布景动作,罗伯特·勃朗宁(Robert Browning)戏剧性的独白,以及任何想象活动所遭受的阻碍,都留有空隙。

空隙是沉默的,它不是我们听到的声音,但却不断向我们发出讯息。只要作品中有沉默,作品就不会被诠释尽。

8

也许沉默是存有或意识质疑语言的方式。只要有沉默,语言的意义就无止境。存有以质疑反映这个语言的世界,任何由质疑再进一步的探索,都在寻求解答的可能性,语言因此趋于完满。

沉默用海德格尔的话来说是一种真言。"真言"来自于无言。透过"真言",文字无以尽言,因为当人聆听"真言"或沉默,他所听的是真实的存有。沉默是存有的屋宇。

9

沉默和语言虽处于辩证的两极，但它并不是为了使文字的声音咽哑，它只是进一步要我们体会到：书写文字仰赖“真言”甚过于“说话”。“真言”蕴含于沉默。

不论标点、跨句或“不存在”，都是诗作对沉默做本体的探求。他们延伸表面书写的部分，而深入未书写的部分，肯定沉默中的“真言”，而非声响中的“说话”。

沉默一再向纤细敏锐的耳朵挑战。这时所谓的沉默，是众声回响。

10

诗的存在并非为了说故事。不论史诗或戏剧诗，和小说比较，总是情感经验重于故事性。史诗先有故事再有诗，故事还较清澈，有些诗，诗成后才有故事，故事趋近朦胧。大部分的诗纯粹是经验的提升，已没有故事。

不论创作或阅读，诗重点不在叙述故事，而是捕捉一些经验。经验在语言中会留下空隙，语言的空隙会引起不同层次的阅读。

诗本体上是存在于空隙和沉默。诗的存在是因为散文有些状况难以表达，而散文难以表达的正是繁复语言和经验中的沉默。

诗所要呈现的经验，语言很难清楚表达。语言甚难表达的是经验中之沉默，而在表达过程中另生空隙，也就是空隙中的沉默。

11

作品中的沉默似乎在拒绝语言，但阅读和诠释总要诉诸语言，语言和沉默形成辩证关系。

以创作者的立场来说，沉默是经验的一部分，言欲尽却言不尽，沉默因此得以保持，但另一方面，创作必须透过语言，而语言试图打破沉默。

以读者来说，阅读先是沉默，再试图打破沉默。阅读作品时，读者所面对的是文字中未熟悉的意识，读者这时必须先在沉默中“悬置”自我，使自己融入文字中呈现之情景，以作品中的意识为意识。

读者随着书中人的情绪变化而变化，对于动人的叙述、感人的诗行，心弦振动余音不止，但这一切的激荡一时都不能言语。

12

因此文字中有空隙中的沉默，阅读时读者有因感动而不能言语的沉默。

这种沉默持续一段时间，读者的自我又渐渐回返意识，读者这时既享有作品中的意识，又保持适度观察的距离，读者和文字交互活动以捕捉方才(也许是两个小时前,也许是两个星期前)沉默时的阅读经验,阅读此时化成语言,语言试图打破沉默。

13

但读者一旦打破沉默,将体认到语言所捕捉的意义只是暂时的。不论阅读如何丰富,文字中的沉默永无止境。

阅读后将部分的沉默化成语言,但一旦化成语言,就更感觉其和空隙中浩瀚的沉默不能相比。诠释发出声音,但这个声音总在另一个时刻觉得咽哑。

14

无论创作和诠释,语言无以道尽沉默。沉默是文学的本质,作品和读者的交感中,部分的沟通化成语言,部分的沟通保持沉默,文学永远保持沉默的矜持。

沉默的矜持使文字既是封闭的也是开放的。封闭的成分将一些读者排除在外,使其和作品脱离关系,开放的成分使另一些读者介入以创造意义。

沉默暗示文学的工作是一种社会对成员已开放和封闭的特性做选择或淘汰的行为。但促成文字开放或封闭的关键是沉默,因此空隙中的沉默变成选择的标准。

15

语言中有沉默,沉默中有语言。语言是人在时空下的产物,语言中的沉默延长或改变既定的时空。

苏珊·桑塔格(Susan Sontag)说沉默是话语的先决条件,也是话语的目标,艺术家的活动主要是再创造沉默。

马克思·彼卡德(Max Picard)也说,沉默立于人类言语之始末。文字跃出成暂时性的响应,但它不能消解沉默的多层价值。

16

话语在沉默中诞生,但语音有起落,总会在时间中消失。书写文字以其所占空间改变时间的本貌,故写作本质上趋于沉默,也别于话语。

书写文字虽然占有空间,但其空间仍受制于时间,世代递嬗,沧海桑田,书写文字所占的空间可能在另一个时间消失或毁灭。

大体上,书写文字越和话语接近,越容易成为时间的牺牲品。官场质询答复,庆典致辞,影视歌星作秀,其言语即使做成书写纪录仍然抵不过时间的考验:事过境迁,纪录性的文字随风飘散。

诗语言只有坚持其写作的本质才能在时间之流中保有其空间的地位。文字中之空隙挑起读者的想象,沉默刺激不同时空的读者，书写文字因此可历经不同的时空。

17

语言在于沟通，而语言的精髓是沉默，但沉默如何沟通？人是以沉默为准则，借由语言及语言的代用品攻击语言。

语言是人存在的表征，即使体会沉默之可贵，人仍要创造语言，而所谓创造语言，实际上是创造文字中的沉默。

大体上，人意会真理的瞬间拙于言诠。散文难以表达，故写诗；诗难以表达，故沉默。

语言文字是人存在的痕迹，有人就有意识，而意识总向外投射，有投射就有沟通，但最高层次的沟通却是沉默。而完全的沉默又无法沟通，两极对立的结果是：书写文字重视沉默的本质，语言求其繁复稠密，充满空隙。

诗行中一旦有空隙，作品就不是为每一个人而写的。能填补空隙、体会沉默的，不论是作者或读者，毕竟是少数。

诗大众化的口号，是诗的催命符。诗大众化的先决条件是写作又和口语认同。但书写文字的特色消失，其拥有的时空也将跟着消失。

既然严肃作品中的意识只能在少数人中回响，称呼一个严肃的作者为畅销作家是一种污辱，因为他要面对的不是喧嚣的人群，而是沉默的时空。

当代诗的当代性省思

1

当文学"坠入"一个作者被虚位化，甚至被宣判死亡的时代，当文学进入一个强调反中心而被逼进边陲的后现代，诗，这个自古以来就被宣称是文学"正宗"的文体，正被放逐至边陲的边陲。

2

但诗人是否一定要如此顾影自怜式地缅怀过去？

诗总在濒临危机的临界点上最能突显诗性。

现实不是和自己毫不相关的"他者"，人只有在"他"中才能真正看到自我。

面对当代，诗人不能再经由时光隧道遁回过去，他应重新检视诗人的定位，重新探问当代诗的特质及诗的当代性。

3

面对时代这一块灰暗的画布，诗人仍是色调的主宰者。直接或间接危及诗存有的理论也可能在一念之间和诗相辅相成。

“作者之死”的理论正是如此。所有文学创作者中，大概诗人最能意识到自我的存在。虽然诗的戏剧化已区隔诗中的说话者和诗人，但所有的说话者最后总变成诗人生命哲学的延伸和“面具”。

4

诗人面对时代的变动，处于后现代对自我的质疑时，应有这一层次的认知：意义的播散可能迥异于当时播下的种子；诗人的自我在不同的论述里书写。

诗人的被认定，不是类似一张相片的五官深入人们的记忆，而是一张模糊的脸孔在语言的世界里展现意识。

5

诗人知道诗要矜持某种标准。这意味着诗和商品不一样。我们不能为诗一一列举出美学的标准，但是我们总“隐约感知”标准的存在。

就是由于文学或诗学的标准只能“隐约感知”，而不能明确界定，它才更令人着迷，更具挑战性。

6

反讽的是，新女性主义也可能为男性诗人明确地画出诗的存在领域。

假如女性主义强调的阴性特质在于其跳跃性思维，而非一般常理逻辑的线性思考，当代的中国现代诗中，台湾大部分的男诗人反而更具女性主义的颠覆功能。

矛盾而有趣的是，当女性主义时代刻意突显女诗人时，和男诗人相比较，女诗人，尤其是那些畅销诗的女诗人，在诗中的思维，大都比较依循女性主义所反对的线性逻辑。

7

女性主义学者伊莱恩·肖沃尔特（Elaine Showalter）说：在男性传统的笼罩下，“女性的领域”是“空间上、经验上、玄学上的荒野地带”。

但以诗来看，“荒野地带”正是诗人的天地，不论是男诗人或女诗人。

8

肖沃尔特为“荒野地带”的女性空间所做的诠释，也可以用来说明诗应有的当代性特质。她说：荒野地带“是将女性意识的象征性负荷展现，让原来看不见的看得见，让沉默说出话来”。

引文中只要把女性两字改成诗人，就切合了诗当代的特有现象。自古以来，诗就不沉默，虽然诗经由沉默的语言呈现。但当代的现实世界已让诗人渐趋沉默。

9

首先，对肖沃尔特的“荒野”的体认应将语意延伸到“狂野”,这正是原文“Wild”的弦外之音。女性地处荒野,以其狂野的想象写作,反制男性。

诗如今居于乏人闻问的荒野,也是以狂野的创作精神反制中央地带的官商体制。

10

其次,诗的反制不能以喧啸对抗喧啸。诗仍然以沉默的语言道出沉默。若诗以呐喊要求,诗人已坠入线性的逻辑思考,而被放逐出“狂野地带”。

11

何谓诗的“狂野地带”?跳跃式的思维当然是必然的条件。

诗似乎在一洪荒的处女地遨游奔驰。“狂野”是一种不驯服的姿势。这包括语言上的不驯服和生活态度上的不驯服。

语言上,在狂野的洪荒,回眸现实世界,诗境一片澄明。诗以语言对着现实微笑、冷笑、大笑。诗人笑的狂野姿容赋予语言强烈的生命力。

12

所谓狂野,是一种自由的想象力。语言的狂野是诗精神力之所在。但所谓的狂野和自由,有嬉戏的本能。语言能嬉戏,因此文本充满乐趣。

诗的语言所带来的乐趣从制约化的电视娱乐中飘移，它暗藏对社会集体性的揶揄。它永远在不停地游走，因此任何意识形态都难以捕捉。

“嬉戏性”也可能是一种随想即兴的创作，表演艺术因而更富于表现力。由于是即兴表演，更能规避常理可能的干预。

13

后现代精神并非秩序的全然崩解，而是撇除既有的秩序，在创作的瞬间发现秩序。表演者举手投足间，所谓的随兴，是在瞬间及瞬间的连接上，在一个动作的结束和另一个动作的开始之间，探寻隐约的秩序。

由于即兴演出着重瞬间的美感经验，没有任何一次的演出是上一次的重复。表演因此制服了“重复”这个艺术杀手。

诗创作则略有不同。诗的文字使一切空间化，当随想的意象在文字中成形，意象的轮廓已在书写空间中浮现。瞬间得以展延，但瞬间所着重的时间性美感因为文字的空间化，将变成视觉的重复，即兴喷发的感染力已不再。

14

在阅读上，罗兰・巴特(Roland Barthes)的“乐趣”观更具启发性。巴特强调要去体验一部作品，才能享受作品。

阅读是肉体的体验，而不是追寻挖掘知识，是肉体和文字触发的感觉，而不是知识或理论的中介。这就是他所谓肉感的阅读。

诗尤其需要体验和感受。读诗的乐趣在于感受意象触发的临即感。语言的狂野之姿，不是线性逻辑的知所能掌握的。

沿用线性逻辑的知也就是套用理论。误认诗是文字游戏的观念，正是套用理论而误用甚至误伤理论的结果。

语言的嬉戏在思维的跃动中牵系人生。也许面对现实的谬误，以笑声和嬉戏来化解，如此的诗作是生命的回荡，诗行的出现在于思绪延续的尾音，因为诗和生命不是在诗的完成时就结束。

15

人生有时在游戏，诗作也可能逞一时的快感。但快感是实时的消耗，在完成时也即消失。一个机智且富于跳跃性思维的诗人，值得重视的是他具有语言嬉戏的诗作，而非文字游戏的作品。

16

诗作的狂野嬉戏精神，使诗绝不臣服归顺于理论。理论事实上就是一种体制化，虽然当代标榜的是反体制的后现代和新女性主义的理论。

对于台湾此地因为误解而套用的后现代理论，诗“不得不”反制。嬉戏使诗人重拾信心，使诗重新发现各种传统的乐趣。这些乐趣通常在理论套用中丧失。

17

此地理论套用者最大的悲哀是，在引介和套用理论时，误解间接地伤害理论。

后现代的文化现象，导致一些思想家带有悲观的思维，当他们以潜藏的悲叹语气指出一些令人沮丧的后现代现象时，有些没办法感受、体验其中纤细语调的引介者，反而把这些现象变成后现代应追逐的理想。

当代有些理论引介者的盲点是：当思想家指出现实令人可悲的现象时，理论引介者却误以为思想家在宣扬肯定这些现象。

18

以理论看理论，理论彼此经由对话可以展延成见解，反之，不经对话而挪用或套用理论反而会扼杀理论的生命。

以诗看理论，任何创作的瞬间，想到以作品配合理论，必然使作品布满人工造作的凿痕。想到后现代理论的文字游戏，就要以如此的作品来配合呼应，以便被讨论作为时代的代言人。

巴特说："乐趣就是这种质疑。"他说："简单地说，总有这么一天我们会觉得需要将理论松动一些，转移论述和因重复而变成一致的理念，以质疑使其震惊。"

19

我们质疑这些被套用的理论已经“因重复而变成一致”。

以诗创作来说，原来后现代时代，以拼贴、类似图像诗作、事件即兴演出、后设语言的嵌入，来显现创作狂野的精神，以一种不受拘束的自由质疑任何诗“应有”的写法，但结果是，大部分的“批评家”和诗人却以这些列举的标签作为“应有”的标准，从而变成这些标准的奴隶。

20

后现代的精神是反标准和本质，而目前崇尚后现代理论的人却以这些标准作为本质。

同样地，部分女性主义批评家在反对男性中心霸权时，也以反主流、反中心、反标准作为女性主义的中心，作为女性批评的主流标准。

21

时值后现代，有意配合后现代标准的作品已经丧失后现代精神。后现代精神富于当代性，但强调后现代主义则是伤害自由的创造力，虽然表象配合这些标签的创作很“自由”。

以诗作配合理论是把诗贬抑成工具。如此的写作，也是丧失自我。

当此地的后现代理论，以一切商品化作为文化的取向时，诗人以诗质疑这样的时代，使诗具有时代性。

诗以质疑的乐趣颠覆这些以颠覆为理论基础的理论。

22

首先，诗本质上就是跳跃性思维，因此在后现代一切以直接利益为考虑的时代，诗绝对是立处边缘。如今诗人以诗作反制如此的后现代文化现象，正是发挥了以边缘质疑中心的后现代精神。

将诗当作商品，当然不必有传统和历史感，但对于时间最敏感的诗人总意识到一个无所不在的永恒时间和一个暂时存在的当代时间。

23

人正处于这两种时间轴的交集。纵横两轴的互动决定人的存有。永恒的时间位于纵轴，暗示横亘历史的存有。

本质也许不是可以逐项点名的条目，但它隐约地存在，成为心中的一种矜持。横轴即是当代时间，人随着现实调变，由左往右延伸，把时间从现在推向未来，把现代导入后现代，借由两轴的互动，我们可以体会诗人如何体验当代性。

24

面对横轴所带来的威吓，诗人更能感受存有的本质。一方面，当代性必涵盖任何现实，即使是令人寒心的现实。诗人面对现实，才能真正面对自我。人不得不"坠入"现实，任何逃避都使他无法成为当代性的诗人。

25

另一方面，任何时代都会使那个时代的作品染上独特的色彩。失却当代的现实，也失却了诗的时代性。

如果商业化的现实是这个时代的"特色"，诗人应将这些"特色"纳入诗的思考，而不是从诗的世界放逐。以诗展现现实而反制现实。

26

对现实的反制力量来自于纵轴，而纵轴正是诗长远以来的矜持。后现代理论不承认本质，因为本质被认为是理论体系中心论的遗毒。

但是我们不臣服于任何一种结构，并不表示宇宙人生全无结构；不接受特定的本质，并不表示万物皆无所谓本质。

事实上，解构反而默认结构的存在。本质亦然。

27

诗的跳跃性反常理逻辑思维，极易倾向跨越所谓诗的本质或结构，但真正被跨越的通常是写作文法或禁令，诗的本质总是隐约存在。

也就是诗有本质，一切的禁令才能被跨越，因为跨越就是诗的本质。

本质似实似虚，没有特定的名目，因此后现代商品消费者无法感知。具有讽刺意味的是，后现代理论反对任何明确的理念，但诗就是由于本质隐约不明确，理论引介者反而更要将其本质排除。

28

但，诗人并不拘限于本质，而使诗在既定的框架里自我重复。

写诗的瞬间是瞬间自我的遗忘，包括理论、结构、本质的遗忘。

但这种遗忘是瞬间的悬置，之后，已感知和未知都将纠葛而成交相辩证。

29

让-费朗索瓦·利奥塔(Jean-Francois Lyotard)说："艺术家和作家，以没有法则来规划将要完成的法则。"

当代诗创作似乎在没有既定法则的约束下，展现创造力，但被悬置的本质在被遗忘的过程中总在非意识的状态下和意识拉扯。

潜藏但深深渗透诗人意识的本质是一种诗的矜持，虽然也许诗人平常并没有意识到它的存在。

纵轴所显现的意义，就是诗的矜持，来自于历史和不同时空，而变成心灵的基础。

没有横轴所显现的当代时间，当然不能成为艾略特所谓的传统诗人，但是没有纵轴，传统和历史感更失去落足的基石。所有诗人的自我矜持都变成他的历史感的一部分。

30

所谓的当代性是以纵轴牵引横轴来铭记诗人的存有。

横轴的“动”由纵轴的“静”来指引。现实充满变数，而诗人的矜持是这些变量的稳定力。

当现实将一般人卷入后现代商业的洪流，诗人本质的矜持使他能掌握后现代精神，而不淹没于物化的后现代主义。

31

当代性对诗人的意义是：现实在横轴上是未定的，表面上，现实已是如此，但诗人心中所感受的现实却有另一番的面目，因为现实经由本质指引和调变。由纵轴带动横轴是诗人极重要的体认。

另一方面，横轴上的当代现实，使纵轴的本质落实于时代，使诗展现因时代而异的样貌。但不管样貌迥异多变，总离不开诗的本质。

Ⅲ 诗学断想

物象的观照

人为周遭的“人、物”所包容，感官敏锐，是因为要感知“他者”。所谓“他者”，是他，也可能是它，也可能是她。我的观照构成他的一部分，我在他的存在中看到自己的影子。哲学家如此，诗人的意识更是在接纳各种感觉中涌动。

诗使草木生情。诗也使生存的世界富于人文色彩。人和自然律动，自然的真实涵盖了人的影子。人和人互动，“他者”的世界就有我不能缺席的必要性。

对物象的观照是诗人最根本的课题，因为它映照了诗人和外在世界的对应，以及两者之间相互的依存。切离这层关系，诗人都应该自问：“诗人所为何事？”

诗是非目的论的书写

现实的怪兽不是看得见的样貌，它和生活无形地结合。

意象沉思暗示：第一，诗的语言不是讯息的直接投射。诗有潜在隐约的目的，但诗不是任何目的论的手段。第二，诗不是抽象论述，有别于哲学和科学，但由于它是思维，因而才能展现人生的沉潜和哲学的厚度。

假如诗能引起人性的共鸣，诗已经或多或少竖立了社会性价值。

当诗作把社会性价值摆在意识的第一个层面时，诗就布满了焦虑的急促感。

若是“目的论”的理念变成诗的驱策者,若是诗变成目的论的代言人,诗也自然将自我从艺术价值中放逐。

目的论有三种意涵。第一,语言的发生与目的是直线距离。第二,语言是消耗性的倾向。第三,语言是诗的承载工具。

假如想象是诗必然的内涵,诗所承载的讯息势必迂回隐约。

假如诗的讯息指向某一个方向,这个方向和目标物之间层层叠叠了众多飘浮的风景。

诗作并不是没有动因,只是这个动因要由读者去感受摸索,不是诗人明白的“指示”。

但是目的论无视诗内在相反力量的拉扯,也无视诗情境里可能的逆向冲击。“目的论的诗人”采取直线而非隐约迂回的写作方式,因为直线是两点之间最短的距离。对于这些诗人来说,写诗的动机和现实的刺激是立即的因果,文字就是动机直接的操控。被操控的文字就是要达到社会性的指标;写作的主要目的不是美学,而是“陈情”“呐喊”。

诗作要与现实互动,但诗要在现实过后,还长久阴魂不散,因为写诗不是及时的消耗。

目的论的写作使诗几乎等同讯息。因此,当现实的情境不在,事过境迁,所谓的诗作已失去讯息的意义,已无存在的功能。

诗人一生怀铅提椠,期以书写回报社会,但由于意识里目的论兴风作浪,写诗反而可能毁诗。

任何作品都有潜藏的"目的",但对于诗人或是艺术家的考验是,如何将这个"目的"放在一个适度的距离,而使它不成为文字"有意"的操控者。

语言的动态进展

诗是语言在动态进展中的产物。诗是经由语言才完成,在未完成前,诗是未知、未定型的。诗只存在于"未来"完成的那一瞬间。

诗是"诗想"经由语言的"召唤",和语言互动的结果。进一步说,诗的语言不是工具,而是思想。但这个思想,不是既定不变的思想,而是在语言中动态进展,是诗人与语言在持续的互动中才延伸出来的思想。

假如诗有所谓理论、意识形态,这些都应该在诗创作的过程中才诞生,而不是事先以预定的理论及意识形态,来导引操弄文字,来"作诗"。

诗人所感受的现实与文化,以及原来所谓的"自我",在诗的形成中,大体上有些原先思考的落足点,这也许是促成写诗的动机与切入角度,但这些原始动机,却在语言的事件中延异——在延续以及延误中显现差异。

但这些差异却是诗存在的理由。原先动机里的思维,是散文的层次,在"延异"的过程中才产生诗。

语言事件之后完成的作品与传输语言事件之前的讯息,两者的差距也造成写诗与作诗的不同。"事后"的写诗与"事前"的作诗部分,必然造就迥然不同的书写。

以目的论的观点来说，“写诗”经由“延异”而有“现实诗学”的开展，“作诗部分”使作品沦为煽情的口号或是陈情书。

以理论的运用来说，若是“写诗”，理论似有似无，若是“作诗部分”，所谓的“诗作”，几乎就是理论或是意识形态的传声筒。

文字的时间性因素

诗的创作与阅读都有时间性的因素。它的意义不是瞬间空间性的敞开般的：图像上下左右的关系，可以一眼看到底，可以从左开始看，也可以从右开始看，可以从上开始看，也可以从下开始看。

不论写作或是阅读，诗总必须依照文字的顺序，逐字逐行，在一秒一秒的流逝中进行。诗从已知探索未知。在探索中，未定性的焦虑、好奇是重要的美感经验。

诗的时间性意味着作者与读者是在文字的拿捏体验中，诗外表的轮廓以及内在的意涵才慢慢成形。

一首已完成的诗布满意象的空间构图，但诗人或是读者对空间既有的布局，一定要体认到文字时间性的安排所呈现的美感。

诗的创作过程犹如充满惊讶的旅途，沿途风景森罗万象，因此，诗路之旅不是直驱目的地。

诗人在写诗的过程中才触摸到、看到诗，而不是将已是成品的诗塞进语言。

意象的毗邻

比喻让物与物牵连，诗人以想象让本来无干无涉的两个客体产生关系。

想象力有时不是在于比喻的产生，而是在于物像的衔接。衔接的关键不是彼此潜在的隐喻，而是类似电影的映象叙述。由于毗邻，彼此产生语意的牵连而类似转喻。

换句话说，有时比喻的效果是诗行并置的“果”，而非“因”。

空无指涉

解构学的说服力在于论述的语言之旅中的风光，而不是目前已经众所周知的结论。为了论证一个关于几近“一无所有”的结论，雅克·德里达（Jacques Derrida）在过程中展现了深厚而几乎“无所不包”的哲学景致。

结构的辩证

诗的意象不是常理逻辑可以“管教”。但这并不是说，诗可以随意为之，可以无所不为。

诗常在规范下“适度”地逸轨，敞开了人的视野，让阅读充满了惊喜。

但最大的惊喜，不是诗对既有体系的全然瓦解，而是在体系的拉扯下，和体系做揶揄的对话。

没有现有的规范，诗反而无法显现创意。这是诗和既有体系的辩证关系。

默认的结构

若是以现有的体系试图规划诗的疆域，则是以默认结构来统筹诗的生存空间。而所谓默认结构也可能是散文的结构，以散文的思维来干扰诗的想象。

想象要有“逼真”的说服力，但“逼真”的展现不是散文式的推演，也非散文逻辑的印证。

以结构的“完整性”与“必然性”来检验诗作，从好的方面看待，可以剥下某些诗作造作的面具，但也可能阻塞了诗的呼吸。

诗是一团活水，有波痕，也有涟漪。散文逻辑所规范的书写，可能是温驯恭谨、水波不兴。

空隙的密度

诗质的稠密度造成空隙的密度。

但是一首诗的美学空间，似乎有潜在适度的空隙密度，过多会造成填塞而有“作诗部分”的痕迹，过少则诗质稀松，几近散文。

诗存在的空隙

诗以空隙确认自身的存有。没有空隙,也没有诗,即使这个空隙是语言的缝隙。

诗有空隙是因为诗不是制式的语言。诗在夹缝中求生存,在政治文宣、在官场喷洒的口沫的空隙中书写存有。

诗并不逃离现实,但也不是复制既有的现实。现实体制下呈现的现实,实际上是现实的匮缺。

好诗的存在的确是现实社会所听到的“杂音”,因为诗不是散文逻辑的推演,也非目的论的工具,更非攀附现实的阿谀之作。

虽然诗人立志以书写平衡现实的残缺,诗人自知,一旦诗经由呐喊,诗即消解自身的存有。

笔尖不是刀尖,诗不是街头流闯的文宣。对于社会的反制,诗的语言是一种沉默。由于沉默,诗中充满空隙。

语言是诗人专注的对象。反讽的是,语言的关注时常被世人视为远离现实。

诗的语言,是现实的文本化,是改写补足既有的现实。

诗的语言是“他者”,除了一般“共享的”语言,还有另一个层次,诗的空隙就在这一个层次。

因为空隙的存在,语言与社会才有源源不绝的生命力。

十九世纪美国诗人哲学家拉尔夫·瓦尔多·爱默生(Ralph Waldo Emerson)说:人的腐化所显现的是语言的腐化。

诗语言能赋予社会的活力，在于诗不是被动或是复制式的模拟，不只是反映，还有反应。反应的是注入现实里的活水。

诗、社会、现实保持生命力的关键在于人对于语言空隙的兴趣与专注。

空隙蕴含宝藏，语言的空隙编织文本与人生的结构。

诗与诗人的存在也仰赖这样的空隙来延续存有。

诗不能被简化成理念。意象也不是物象的复制，因为它存在于诗行的戏剧性空间里。

诗沦为“交易的筹码”是因为诗常被引用来表示使用者的文化身份。但“引用”经常是抽析出其中被简化的主题。

文字是可以触摸到生命的“躯体”，不是意念的代用品。

诗的阅读也不是还原成文字指涉的象征，文字或是意象在诗中已经是个生命体。将语言简约成意念化、指涉化，也是在扼杀诗的空隙、诗的存有空间。

在诗开展的天地里，是意象与理念的分野，是意象与物象的厘清，是诗语言中的现实与概念化现实的辩证。

一方面，诗内在的文字或是意象不能单独被抽析，而是将其视为外在现实与理念的等同物。

另一方面，诗的文字不能被意念化而丧失诗的生命，但是诗的生命又有现实的参照点。

诗的生存空隙就是这两种思维辩证交融的空间。

假如诗的艺术展现可以解释成广义的美学，诗的美学成就也在于充实读者的阅读美学。

空隙是诗美学依存的空间。以空隙反观结构，空隙是诗的主要结构。书写空隙是诗人的存在结构。因此，诗人在诗行里写下空隙。

意象的流动性

诗人写诗不是操控意象，而是赋予意象流动性。诗的生命力在于意象放松浮动的自由状态。

因为意象的“流动性”，诗的逻辑不是常理的逻辑。

所谓流动性，就在于意象从常理逸轨、意象显现符征浮动的特性。

意象在浮动中，也产生了诗独特的逻辑。人生这样的逻辑有独特的因果，而在呈现这样的因果时，又让人看到真实但常被忽视的人生。

诗的偶发因素

偶发状况的介入可略分为两种状况，一种是作品内意象或文字的并置，另一种是意象或文字和作品外突发性的情景并置。

作品内偶发性的并置事实上也是造成诗行发展次序的重要因素。

意象和作品外的事务或景象偶发性地并置时，所滋生的语意较易引起争论。事实上，不论人生或文学作品，突发性状况的介入不时启发新的语意。

偶发性因素正是文学挣脱结构学驾驭最有力的利器。

作品本身有其次序或纹理，但这个纹理除其内在统筹的秩序外，有时还可涵盖外在介入的偶发因素，而不是纯粹放诸四海、历尽岁月永不变的法则或结构。

歧　义

歧义可能是一种美德。

当符征从象征和符旨固定的意义中释放，文学是探索意义的可能性，而非统编成大一统的意义。歧义就在这样的情境中产生。

意义最有意义的是刺激另一个意义的产生。符征的流动性促成这种可能。

但一旦歧义合法化，很多诗人可能躲在歧义里制造歧义。

躲在歧义里制造歧义，诗人可以遮掩想象力、创作力的欠缺。他以文字游戏造就超凡想象力的假象。他甚至以游戏宣称：所谓诗就是营造文字的迷宫。他更可以在任意的游戏中，宣称诗全然没有意义。

所谓意义

美国结合现象学与后现代思维的斯坦利·费什（Stanley E. Fish）认为：阅读不是追问"这个句子是什么意思?"而是"这个句子做了什么?"

阅读专注的不是静态的文句，而是文句对读者所引发的心灵活动。

意义不是文字静态的“文意”，而是阅读时文本让读者心灵所产生的“事件”。事件就是意义。

以后现代诗来说，即使文字“似乎”没有意思，但它引起读者的专注，甚至牵动后者的情感与思维，这时文本已经显现了意涵与意义。

有时，由于“文意”难以捕捉，书写与阅读反而更富于“意义”。

“文意”的隐蔽甚至消失并不等同于“意义”的虚无主义。这是“意义”的流动所显现的意义。

文本对读者所做的一切，就是富于意义的阅读事件。

诗的嬉戏空间

诗文字精致，字与字之间，行与行之间，乃至任何文字排列的先后顺序，都是严谨思维下的产物。

文字和诗人的思维紧密结合，文字所展现的是严密思维所映现的人生。

语言稠密、意义繁复、情境吊诡，映现人生的复杂面相。

诗的语言能成为一门学科，也因为诗的文字里重叠了丰富庞杂的意涵。

现当代诗让众多读者在诗的大门前止步，因为他们无法跨越挑战性的门槛；但跨过门槛后的读者，看到门里处处惊艳的景致。

诗狂喜的特质赋予诗颠覆的潜力。狂喜是一种跳脱，跳脱出诗版图的规划。

诗狂喜也是一种颠覆，除了颠覆外在的框架与成规，也可能颠覆自己，因为语言倾向自我消解。

诗的狂喜使诗在树立文学的殿堂时，又倾向使诗的国度呈现类似的无政府状态。但后现代的诗并不是无政府状态。

假如以后现代对照“新批评”所代表的现代，诗从原来的“紧”渐渐趋向“松”，从“严肃看待人生”趋向“文字的嬉戏”。

嬉戏让文字的音符从绷紧的状态中放松，而发现五线谱上隐形的音符。

假如现实的语言是现实咄咄逼人的符旨，诗人语言的嬉戏则类似浮动的符征，以游击的身姿调侃现实。

假如意象是诗的身姿，诗常以舞蹈逾越现实文字的步幅。后现代的诗更以嬉笑凸显现实的荒谬性。

诗在嬉戏中揶揄现有的体制。

诗人是麻烦制造者，因为他总在政治人物的言谈里看到缝隙与思维的断层。

几乎很难有一首所谓的“口号诗”，也几乎不可能有一首歌功颂德的“诗”。

语言的展延暗示无限的可能，但语言也会在适当的位阶上暂时稳定。

后现代诗是可能性的开拓，但这并不意味着语言的无政府状态。

批评家最有意义的挑战，是在诗表象的“无意义”或是“无政府状态”中找出“阶段性的封口”。

“阶段性的封口”意味：解构是无止境的展延，是文字坠入时间永续的溃散状态，但在溃散之前，有一个凝止的瞬间，“意义”的轮廓惊鸿一瞥。批评家在阅读与诠释时最需要抓住这一个瞬间。

后现代诗的嬉戏有时是自我的揶揄，有时声东击西、避重就轻地自我反思，而反思也可能是回光返照下故意扭曲的身影。

揶揄自我中所引发他者的笑声，所暴显的是发笑的人的可笑。

有时让自己成为现实的笑料，是笑声反转的回音里暴露现实的可笑。

当读者看出真正可笑的对象时，他会感受到“嬉戏”的严肃感。

但所谓的严肃，所呈现的形式与效果与新批评的时代迥然不同。后现代是在看似不正经、不严肃的嬉戏中暗藏一般批评家所看不到的严肃。

假如嬉戏暗藏另一层次的“严肃”，后现代诗所引发的笑声事实上使诗趋向“悲欣交集”。

从某方面来说，“文字的嬉戏”是非常“写实”的书写，因为后现代的人生，有层层叠叠哭笑不得的场景。

笑是因为现实的荒谬，但诗人的笑又隐藏了内心无法完全释怀的心境，面对现实的苦涩，但却无法弃绝现实。

笑是表象的出口，但笑声中夹杂了苦涩的语调。因而所谓嬉戏可能是“苦涩的笑声”。

形而上的嬉戏

后现代诗嬉戏的深度不是文字表象的形式。

嬉戏是语言的内涵，在歪斜的身姿中踏出诗的身影，在嬉笑中暴显难言是非的情境。

诗的嬉戏不是反讽与抒情的二元对立，而是朦胧不稳定的场域、一个多重面向的文本，不是（如新批评）要保持表面的文字张力，也不是让情感乏味。

语言是碎片，摇摇摆摆后趋于瞬间的稳定，直到一个意象的成形。

一方面，诗的嬉戏是不稳定的多重面向，另一方面，诗有瞬间稳定的可能性。后者让诗的存在意义在短暂飘忽的瞬间春光乍现。

诗的舞姿

当代或后现代的语言是对既有价值重新"编舞"，展现嬉戏的身姿。

语言的嬉戏可能是对保尔·瓦雷里（Paul Valery）"散文是走路，诗是舞蹈"的回响。散文是实用性的语言，有其目的性，而诗是舞蹈，不是朝着目的地前进。

语言的嬉戏和舞蹈一样，不是向指涉的目标投射，"它本身就是终点"。

表象无目的性的嬉戏富于后现代的特质。它所追逐的不是终点，而是过程中一朵花的幻影、一个微笑、一种几近出神的状态。

诗如舞蹈，舞蹈时，肢体的动作不像走路，有腾空飞跃的瞬间，有离开地面的刹那。它是足迹小小的逸轨。在离开路面的瞬间，它凝注于一种姿态。

这里所谓的舞蹈，不是舞台上编舞的动作，而是人在自我松弛的瞬间的即兴演出。即使如此，舞蹈并不是全然的无政府状态。

诗的舞蹈，从一点到另一点之间不是必然的因果牵连，但是某一点可能在虚线的另一头等待。不是规划的动作，但动作在完全自主性的意识中寻求这个动作的响应。

诗既是也不是

诗以语言书写自我的存有时，由于语言潜在的自我消散，存有又在表象的句号下凸显问号。

假如后现代诗是对现实或是既有结构的谐拟，诗既“是”也“不是”的吊诡，则是自身的谐拟，也是对意念上所谓“诗”的谐拟。

“诗不是”(否定诗学)

文学来自缪斯的启发，是妙思与谬思的结合，是巧妙的思维，也可能是荒谬的思考。

以诗美学来说，真理不一定被反面的真理所取代。

以“否定”或“不是”的观念再进一步看待诗，常理逻辑的“负负得正”并不一定是真理。

从制式化的“正”步入蹊径，和各个“负”真理接触，并不表示这些“负”会“扶正”。

以“否定诗学”看待诗，当作家拴上多重歧义的真理时，很可能是想遮掩内心正确的谎言。

在“否定诗学”的观点下，诗创作是借由语言与意象演练谎言。

在“否定诗学”的观点下，成功的诗作，在于诗人能认真有效地陈述谎言，这样也才能成功地自我欺骗。自我欺骗的成功在于能自欺欺人。

能够自欺欺人在于自我欺骗的当下，诗人由衷地相信“负面”或是“否定”的真。

因此，自我欺骗的词汇也并非全然是负面的意涵，它也可能是创作的建设性行为。

诗的存有

“拥有”不等于“存有”。我们将消失所有，但在消失中保有我们的存有。

烈士的行径是存有的见证——见证不再“拥有”肉体，却能以保有的存有对“拥有”超越。

在当代的时空中，现象哲学家与诗人不再维系存有结构的“完整性”，体认到残缺的必然，在残缺中维系存有。

似有似无的技巧

诗的意象犹如舞蹈逾越行走的步幅，是想象力的展现。想象力尽可能地延伸而不至于崩解的临界点的选择，是对诗人最有力的检验。

诗行远离临界点，可能是想象力不足；但跨越临界点也可能是想象力更严重的匮缺，而以所谓“超凡”想象力的游戏涂饰遮掩。

诗不是人生的复制，但经得起检验的诗也非全然以“超现实”来扬弃人生。两者之间有辩证的拉扯，有虚虚实实的映照。

假如不考虑人生，纯然做想象的游戏，诗是非常好写的文类。

有时，走在时代尖端的所谓前卫品，是因为作者没有足够的想象力面对时代。现实人生是对诗人想象力最严苛的考验。

一个诗人若是连蹲马桶的题材都写得好，所有其他题材的诗，他都可能写得好。

有些批评家只能讨论那些技巧明显的诗作。我们很庆幸他们对于动人而外表无奇的诗作没有感觉，否则诠释一首诗，可能就是谋杀一首诗。

一个有“技巧内涵”的诗人，所关注的是如何以隐约而自然的作品撩拨人的心弦，而不是呐喊一个主义的来临。

许多所谓的“前卫”是套用标签与词汇的“习作”。“前卫”

的实验无可厚非，但那毕竟只是一个过程。美学经常是过程后所沉淀的书写空间。

似有似无的技巧是一种启示：外表的“新”不一定“好”，潜藏的“新”经常比明显的“新”更需要技巧。

文本的互植

长诗一方面挑战诗人的意象叙述能力，一方面由于篇幅的长、大，势必引发诗人在叙述的主线时，将文本延伸变化，而造就多重的文本。

所谓多重文本，在有机结构的叙述里，最有力的呈现方式是文本的互植。

文本互植展延叙述，文本互植也重叠了不同的时空与现实。

语言在棱线上游走

在有些好诗中，语言表象克服制约时，内在存在另一种拉扯。语言似乎在棱线上游走，文字可能滚落成泡影，也可能在高处展望另一个向度。语言在解构的危机感里建构诗的殿堂。因为可能的破坏，而有更扎实的基础。因为可能的自我涂消，诗行更要留下明显的印记。

诗人的思维方向似乎暗指：一切将只是风中的耳语，因而更需要在当下吐纳有力的音符。否定会结集而成为一种肯定。表象失却重心的逸走隐藏另一个向心力。诗的趣味，不在于存有的悲观或是乐观，而是这种两相撞击的思维所营造的诗美学及哲学层次。

假如语言的嘲讽，让被嘲讽的对象痛苦难当。最极致的嘲讽，当是语言的沉默。

情感的表现也在于棱线杂沓的交融，向心和离心的交会。对于这样的现象，表象“诠释似无必要”，文字也似无必要，但又洋洋洒洒数百行、数千行。文字是充塞纸张后的沉默，说无心却有心。

漂泊的意象

漂泊或是放逐就是一个表象离心，而底层向心的现象。放逐者本身就是离心力和向心力错综复杂的化身。

离心是对故乡因为有所期盼而有所失望，而失望后又因为远离，而有潜在的自责。自责可能变成更大的期盼和牵挂，虽然这个牵挂夹杂着离心和向心的心路历程。

谴责是因为关爱，但关爱却导向更大的谴责。基本上，在这个特定的时空里，心灵的追求总会伴随不同程度的失落感。

放逐者的语调里总是夹杂了悲喜的双重回音。远离故土腾出空间的距离，使观照富于冷静的智慧。但空间的距离也使表象抽离的情感更加暗潮汹涌。

放逐诗中，在形而上的观照下，意象带出两岸迥然不同的风景。有笑声，也有欲哭无泪的场景。不论是哭笑还是悲喜，那不是空间的断绝，而是心神的相系。

空间性的放逐总和时间性的放逐相互纠葛。

吊诡的思辨

意象本身就是自我反思。意象不可能完全被规范;即使不是巴特所说的“第三意义”,意象经常在理念往前的投射下逸走迂回。有些具有当代意识的诗,所展现的几乎就是这种逸走的诗学。

这些诗作是曲折的辩证。不是说教,而是非说教的言说。诗的书写绝对是一个有所为的活动,但却不是目的论的直接投射。

直线思考在诗中经常游晃进入小径,但在小径里并没有迷失,仍然有一个大方向。而通常,这些诗所显现的是,大路和小径可能交互变换身份,互为主从。

有时,诗想达到的结论在言语之间摇晃这个结论。有时,文字在摇晃躲闪之间,已暗藏结论。

辩证反讽

诗意是对生活的一种反讽,诗人以诗跳出现实的规划。任何当代人要维系自我,必然会过有“诗意”的生活。

所谓诗意,不是花前月下的谈情说爱,或悠游山水,而是以心灵的自我逾越生活既定的框架,这样的人是生活的诗人,而诗人最可能成为既是文字的诗人也是生活的诗人。

有时,诗人看到为伟人树立的铜像原来是变色的植物人。诗人对人生各种层次的微小变化的敏感,正是辩证反讽的要素。

反讽不仅是对现实的批判和讽刺，更是对纤弱事务的怜悯。

当诗人对弱者怜悯和肯定时，已暗藏对现实的反讽。“悲天悯人”不是呼喊的口号，而是一种心灵被外在世界所触动的思维。

成长可能是丧失真我的途径。但在诗作中，诗人在瞬间凝聚生活中飘散的自我。诗人在这写诗的瞬间清楚地看到真我。

生活现实的盈缺是人成长辩证的必要条件，作为一个“人”，时常在辩证中感觉遗憾；作为一个“诗人”，却在诗的书写中感受饱满。

社会文本

赤脚走入现实暗示人无依无凭地面对现实。时代使心灵涂消或消解，最后同一物化。一个放弃自我的人当然没有控制外在事务的意志力。

但是现实对世人的威吓是诗人沉思的对象，这不是诗的时代，但却可能是诗的情境最丰富的时代。反制社会是借着诗作创造一个文本的社会，诗的文本在自己的世界里取得现实。

社会是书写的文本，文本改写社会。二十世纪八十年代，此地的诗人对社会敏感，但主要诗人甚少被动承载社会的信息，而是以诗呈现另一层次基于现实而超越现实的意象思维。

所谓“反映”社会，是对社会的一种“反应”。

诗是对现代悲剧的观察和省思，诗人在省思中保持自我。此地买办式的后现代文化批评时常论断：由于作品中没有展现明确的意义，所以作品已没有意义。但事实上，当作品（尤其是诗）展现没有明确意义的文本或人生时，诗的文本已充满意义。有关诗人自我的辩证也如是。

正如“缺无”刺激想象，大部分文学创作是“不在现场”才有的产物。因为面对崩解，自我更能珍惜当下的瞬间。

对大部分人来说，自我大都已经沉沦在后现代商业文化的洪流里；对哲人和严肃诗人来说，抗拒这种庸俗的文化现象正是保持自我。

面对社会文本，诗人应该有如此的自觉：由于感受敏锐以及一切身陷其间更容易导致心灵的创伤，书写社会必然更会品尝到现实的苦涩，关怀“他者”却经常自我感觉到“自我”的无力感。

超现实与现实

超现实是一条若有若无的脐带，有时和虚无联结，有时和想象牵系。

“精神”是一首诗的生命着眼点，主义则是自我设限的框架。前者几乎可以突破时空，无所不在，而后者几乎是阶段性类似“革命性”的策略。

反讽的是，一旦“主义”的旗帜升起，它将如影随形，变成难以抹除的标记。

诗重整现实。重整在于视觉的调整，偶尔超现实是视觉观照的方式，但不被主义所羁绊。如此的超现实观照，有时反而更能显映“真正的”现实。

在现实的观照下，诗心和诗作已将内心世界敞开，而和外在世界叠合交融。内心意识的外在化，外在世界的意识化，现实和超现实浑圆掺揉。

看见与看穿

意象思维是诗人观照世界的方式。意象观照要兼含两个层面：“看见”和“看穿”。

“看见”意谓展现客体的物性，是意象视觉性的存在，观者（不论是诗人或读者）能透过意象感受其“历历在目”的临即感。

“看穿”是在“看见”后，体认到其中隐藏的深意。

有些诗人或是读者无法“看见”，只能浅薄地“看穿”。事实上，既然没有“看见”，怎能“看穿”？

一般所谓的“看穿”是将复杂的情境简化成主体，再套入理论的框架或是意识形态，这些人无法体会诗行中幽微的情境，更“看不见”意象的姿势。

十九世纪的奥斯卡·王尔德（Oscar Wilde）说：“忽视表象的人，是肤浅的人。”

“看见”和“看穿”的结合，类似明朝许学夷所说的“意在景象之中，故景象可合不可离”及宋朝姜夔所言的“意中有景，景中有意”，是意象思维的本意。

真正的诗人必然“看见”物象或是意象的纤细复杂，许多喊口号的“诗人”和主题论述的批评家只“看穿”，而“看不见”。一个和现实辩证的诗人要能既“看见”又“看穿”。

形式的维系和变貌

诗人对现实的思维使诗的形式和外在社会环境互为表里。以破碎的形式反映或反制没有体制的社会，正是艺术的模拟解放力。但反过来说，形式的变革若不以现实的思维当着眼点，很容易变成纯然的形式游戏。

若是诗人或批评家只在浮面上看诗的外表形式是否应合“拼贴”的“样貌”，他很轻易地就为这首诗贴上“后现代”的标签。贴标签的批评家很难在形式的变貌下看到诗的沉潜。

时间和自我

由现在透过过去看永恒，过去要经由重整才能进入永恒。

诗人注入现在的观点使老旧或过去的事件富于生机，得以继续展延，但所谓观照是一种视觉的观点化身成意象。

永恒更是一种假象。由现在放眼过去或永恒，只是使过去经由诠释富于当代性。诗人的可悲和可爱就是明知没有永恒，还努力使眼前的一分一秒点滴聚成永恒。对时间的探问是亘古以来诗人展现自我的方式。

抒情诗的陷阱

抒情诗是很多诗人与少男少女的最爱。原因无他，对这些人来说，这些作品读起来最有“诗味”，念起来最“像诗”。

其实，“像诗”有时是一种修辞，一种遮掩，一种散文的遮掩，一种散文布下的陷阱。很多现当代诗，以“古典抒情诗”立下了“伪诗”的名号。

所谓“伪诗”，主要是写法样板的重复，在字里行间酝酿古典的复古风，在一种念旧的气氛中，将读者带进过往的时空。是一种时间的乡愁，是一种思古的麻醉。

在意象运用上，流水、古城、风烟、云雾、古道、归人、暮色、落日、秋风、落叶、星星等，一再在愁绪、望乡、漂泊、思念、旅途、浪游等等的字眼里，做样板的穿梭与编织。

写诗的人烘托出一个拟似吸鸦片的场景，让读者沉陷于浪漫的余温而不可自拔。但表象气氛如“诗”，实际上是散文。

所谓情诗的深度，事实上是将个人化的感情和现实人生杂糅，而达到哲学性的省思。现实的书写是对诗人最大的考验。这也就是为什么只能书写怀乡、怀古，而无法以想象面对当下现实的诗人，很难成为有深度的“大”诗人。

“学院诗人”

诗需要感觉，但诗也需要一些知性的思维。表象“学院诗人”是“知性”的代言人，但“学院诗人”这四个字可能是一个在正面与反面朦胧地带穿梭的词汇。

有些“学院”的痕迹是学术的腐味，以知识凌驾感觉，以理论套入写作的框架。

有些则是在诗人本身敏锐的感觉之外，加上智性的思考，使诗呈现生命的厚度，散发意象的书香。

“不相称”的诗美学

诗作看起来似乎可以随意为之，但细究之，好诗在表象各个零散的意象里，仍有一种内在隐约的环链将其串接，并非杂乱无章。

意象彼此相毗邻似乎不相称，但在不相称的表象下却有另一层次的和谐，这是笔者对后现代诗重要诗作的一种看法，暂时定名“不相称”的诗美学。

美国约翰·阿什贝利(John Ashbery)很多的诗是“不相称”美学的化身。他的重要长诗《凸镜中的自画像》(*Self-Portrait in a Convex Mirror*)更是到处播撒“不相称”的珠宝。

诗中以凸镜所呈现的画像已经扭曲，进而质疑艺术“反映”的功能和意义形成的可行性。诗中充满想象的翻飞，不是常理逻辑的思考方式所能了解掌握的，有些批评家倾向将其简化为“典型的后现代零散书写，没有意义”。事实上，这首诗是“不相称”美学展示的天地。

首先，当诗的文本在质疑意义时，以读者的眼光来说，这已是显现一种意义。事实上阿什贝利所展现的是对“反映”所造成的固定意义的质疑，将意义开放、释出，而展延成各种意义的可能性。

其次，细读阿什贝利的诗行，意象的衔接并非随意为之，而是在“不相称”的撞击中显现出和谐。所谓“不相称”并非新批评所说的“吊诡”或“反讽”所产生的对比张力，而是意象似乎彼此无关，但细品之又隐约相互烘托成一种情境。

试以如下的文字说明“不相称”。

有一个人跑到高楼顶准备往下跳——自杀。下面的群众中有一个人说：“你不要跳好不好？我给你吃饼干。”

要自杀的情境和劝止对方不自杀所提供的条件，几乎完全不相称。

“不相称”的诗学有点类似雅克慎语言的两轴中，毗邻轴的联想跨越。在雅克慎的思维里，毗邻归属横轴，联想则属纵轴，而“不相称”的意象似是纯由横轴毗邻（表面不相干）的意象引发纵轴的联想。

“不相称”的诗学不是文字的无政府状态。诗若是停留在原始素材，而将责任全部交由读者完成的所谓“诗”，无甚“意义”。

总之，“不相称”的诗学或美学是增加诠释的可能性，使理体中心论所固定的意义展延成多层面的意义。以此看来，后现代反而是增加诗文本的意义，而不是没有意义。

“不甚在意”的诗

某些诗作里，有一个“不甚在意”的诗中人，意象的观照、文字的进行，似乎有意又无意，有点慵懒，但又不是不正经。

白昼跟随阴影，并非全然有意，窸窣的脚步也不是刻意唤起听觉。但如此的不经心，却是人类原始的父母看到果实膨胀后所兴起的欲念。

更妙的是，“堕落以后/我们可以讨论天真与文学”。天真的叙述来自于天真的丧失。文学来自于情感以及欲念所造成的堕落。

诗呈现一种无奈与无厘头之真，而这种真，不是出自于严肃的诗说，也非皱着眉头的圣哲，而是一个语调似乎漫不经心的诗中人。

“漫不经心”的叙述，当然有别于二十世纪七十年代那些所谓乡土诗“刻意”的控诉与批判。前者让读者拥有相当的自由度，诗在有意与无意之间；后者则是目的论的化身，诗经常变成意识形态的俘虏。

发现一节蜡烛固然心喜，但不必然是情火的复燃或是生活光明的保证。怀念让思绪有所栖息，但不必然是与被怀念对象再续前缘。表象似乎不是“很”有情，但却是大部分有情众生怀念时的真切情思。

意象与意象并列，或是意象带动另一个意象，即使诗中人是第一人称，物象与物象之间，眼睛所见似乎是眼神随意的游走，而不是刻意的专注。

诗在有意无意之间，诗在似有似无之间。

所谓“有特色的诗”

一流的诗人面对“平凡”的人生，仍然能写出不平凡的诗。

但这是一个是非颠倒的时代,是一个强调要有“特色”的时代。

一个有正常体型与五官的人,经常被认为没有“特色”,他需要少一个眼睛,或是多一个拐杖,才被认为有特色。

书写现实的人生最难,却被认为没有特色,书写怪异或是幻想如卡通的才被认为有特色。我们可能又要选出一些这样有“特色”的十大诗人。

反过来说,假如诗所处理的平凡人生,平凡无奇如散文,如此的书写是对诗这个文类极大的亵渎。

但书写如散文也经常是此地选择“大”诗人的标准,因为他曾经畅销流行而家喻户晓。我们所谓的大诗人经常是两极的产物——怪异与平凡的二元对立。

重整性、时空性等等

诗的感情不是呐喊式的波涛汹涌,而是激情制约后的款款而流。就是因为款款而流,它有一个次序,虽然这个次序要读者浸浴其间有所感才能意会。

诗中,意识的多重视野行跨时空,突破既定句型所呈现单一理念或单一意象的限制。诗因此意义繁复有别于散文。

诗所呈现的世界是多重现实的重组。在诗中,日常熟悉的事物透过语言展现不同的组合。

艾略特说:“语言永远轻微的改变,文字持续新而突然的组合并置。”

语言的组合即显现现实的重整,这时文字的世界即有别于我们习以为常的世界。

诗所服膺的是语言所显现的复杂人生，而不是简化后的主题，诗所表现的不是单一理念的哲学，而是哲学的变奏，文学因此反而丰富了哲学的内涵。

主客易位是诗意象经常出现的灵视，是视觉经验的重整。

意象基本上是使物赋予人的思维或活动，使现有既定熟悉的世界调整为不熟悉而显现新鲜感的经验。

展现物性的本貌借由动词的巧妙运用，改变了人观察客体既定的习性。

“自从/路，一口咬住了鞋子”也借由动词的“咬”开拓人的视野，鞋子在路上走一段时间后破损，不是被“咬破”了吗？

“风折叠着湖水，时间折叠着脸”，前者风“吹皱”一池水的暗示介入后半段，故时间折叠人的脸给人留下皱纹。动词“折叠”使原来自然略带不及物动词的“吹动”“留下”变成及物动词，强化时间积极催迫人的动机。

诗意象的推展，有时不是单凭比喻性的语言或主客易位的视观，而是意象迭景。

以诗的意象呈现电影意象，关键在于时间空间化、空间时间化。

电影的放映和文字的阅读都是随着客体时间进行。但在某一特定的画面中可能交杂不同空间的景象。电影因此是顺时性和并时性的交互运作。

诗本身就具有并时性的倾向，因为其美学上的功能不是叙事，而是展现某特定时间的感觉，而这个感觉又常受制于不同时空残存的经验。

有些诗的意象在文字的进行中瞬息即变，遨游于不同的现实，极具并时性的效果。

时空的交错整合正是人以心灵时间对抗客体时间的姿势，文学的创作是在无情的客体时间中创造心灵时间，并且在客体时间的摧折中留下自我的空间。

赢得空间的作品不只是现实的重现，而是“超现实”地将时间空间化、空间时间化。这是诗创作中“超现实”的真正意涵。

诗人自我的解构

有些诗作，因为触及本真，诗人嘲讽、“调戏”诗人。调戏的语调并不是对诗或诗人的完全否定，因为“这些诗”本身也是诗。

但也绝不是典型的浪漫诗人理直气壮地为自己加上冠冕。也许在伤口的碰触里，人才真正感知神经的走向。在自我揶揄的过程中，诗人才真正看到自我。

好诗，在说与不说之间。好诗，不是随意为之，但也不是为了传道载道。要载道，先要体会“道”并非有形的邮递包裹。

不是多了一个后现代主义的粉饰，就增添了几分姿色，它也许更暴显自己的雀斑。不是因为会说教，就是好诗。要先是好诗，才可能迂回说教。

梵乐希说：“思想死了/诗，才开始飞翔。”这当然是一个以非为是的反讽。

假如诗是梵乐希特殊的思考方式，思想并没有死。只是诗的思考，不是常理逻辑的僵化思考。

常理思考在路上歪斜地行走，诗跳开这样的方式，才能“开始飞翔”。事实上，好诗是最丰富的思想。

“历史”是一个高韬的言辞。“永恒”通常也是一个诗人自渎的字眼。追求永恒和追求坏女人画上等号。与其强调历史，不如强调当下的生存。这也许荒谬，但这是存在的本真。

因为能坦然面对自我的本真，诗的思维反而跨越自我设限的藩篱。表象是诗人的自我解构，实际上是自我超越的建构。

虚实的辩证

诗的哲学是意象的思维。因为只有意象才让我们体会这是人间。

身在人间，人何时才能体悟到“虚”无限的包容力？但只有真实世界的情景才能反衬虚空的浩瀚无涯。只有人世真实的意象才能切入虚空无形的堂奥。

好诗中，有时诗行苦涩而自我解嘲。肢体将以生命的各种状态轮回，但自我的另一个部分——虚无，将永存于虚空。只要在人间，实和虚将永续地相互纠葛缠绕。

在这个似幻实真的时代，好诗到底是还诸空还是归之于实？

答案应是既实也空，既空也实。实者，把握当下。空者，看淡一切，一切即将如过眼烟云。离心则虚，向心则实。智者，非虚非实，既虚亦实。

实者，当下的点点滴滴，当前的每一个瞬间。空者，一切是水中日影、空花幻月。

当人或是诗人以“空”来看待人世，他需要有相当厚“实”的生命基础。物有所应，过则不留。但心不住于相，意味世间无不是相。“有无”如此，“实空”也如此。

没有扎实过活的人，没有资格讲空。映照诗作也如此。没有写过诗的人，没有资格讲：诗作是徒然的书写。

映显虚空更需要黑夜里的繁星。

后　记

面对这个时代,有生命感的诗人经常会发出苦涩的笑声。

苦涩的笑声是诗作触及人生哭笑不得的情景。诗行中有诗人跳跃性的想象,在机智的光泽中,诗人投入悲欣交集、哭笑同声、情思交杂的境地。

苦涩的笑声所指引的人生,不是悲剧也不是喜剧。但在正反的纠葛中,让人对生命正色凛然。

苦涩的笑声是在笑声之后留下苦涩的尾音。

假如人生泛滥着闹剧与叹息,一个以文字面对荒谬现实的诗人,绝不会妄想以眼泪来洗涤这个世界。但是世界的荒谬依旧,流转的历史和周遭的情境,大都是一个掉了筋骨的图像。

触及如此情境的诗,很难是只写"小我"的作品,除非是诗人能跳出自我,将"我"当作"他"的化身。

苦涩的笑声是自我和世界的辩证观点;不是顾影自怜,不是自我调侃,更不是情绪的自渎,而是诗人和现实互动后的心境。

面对现实,人生是"不得不"的存在。如此的存在使写诗变成庄严的事业,虽然实际展现的风格,可能是一种狂野的想象，充满嬉戏和笑声。

面对当代的文化与品味，不论大笑、嘲笑，现实是“日日的存在”；没有现实，就没有自我，当所有嘲笑回返到自我，所有笑声必然苦涩，而哭笑不得。

有些诗行让读者在阅读时，正要露出笑容，或是要笑出声时，脸孔突然僵住凝止。现实纯然可笑，但那就是我们“日日的存在”，我们怎能对之发笑？

苦涩的笑声是语言嬉戏的缝隙。

假如嬉戏倾向瓦解既有的现存，从这个缝隙我们却窥伺展望到另一个存在；语调似乎戏耍，但那却是醍醐灌顶的嬉戏。映照当下的现实人生，哭笑不得是一种精准的“写实”。

若是人生是“不得不”的存在，诗创作上的矜持即有浓厚的宗教感，虽然诗人不归属于任何体制的宗教。面对当代如此的人生，诗行中所留下来的苦涩笑声变成这个时代的重要标记，这些标记渐渐在时间中凝结成当代诗人的五官和身影。

当一个大学校长说诗没有用，因为不能制造欧罗肥，我们觉得可笑。但我们的笑声会有瞬间的空白，使笑意凝结，变成一种苦涩，因为这是我们生活其中的现实，它不纯然是客体，而是我们主体的一部分。

对于这样的世界，我们不需要眼泪。眼泪，是虚假的滥情。眼泪，并不是悲剧真正的体验。我们也可以说，苦涩的笑声，是严肃诗人唯一流下的“干涸”的眼泪。

这不是诗的时代，但是是最适合写诗的时代。以如此谬误的人生造就斐然的诗作，诗人是该哭，还是该笑？当他的诗作触及哭笑不得的情境，他已经是一个当代性诗人。

主编后记

时隔两年,《当代新诗话》丛书顺遂出版第二辑共五卷,可谓"更上层楼"而佳话有续。

2015年初夏,由赵毅衡的《断无不可解之理》、于坚的《为世界文身》、陈超的《诗野游牧》、耿占春的《退藏于密》、沈奇的《无核之云》联袂亮相的《当代新诗话》丛书第一辑,历经近三年选题策划、约稿及编审,终于如期结集,全部精装出版,由陕西人民教育出版社隆重推出。

丛书出版发行后,虽因诗与诗学毕竟小众边缘,一时未能"盛名天下",但也以其独得之秘而"填补空白"①的底气与特

① 这里所指的"填补空白",大体就近二三十年出版界而言。之前,自1985年1月至1991年5月,北京三联书店曾断续出版过《今诗话丛书》,共计11册,按其出版时间先后排序,具体分别为罗洛《诗的随想》、荒芜《纸壁斋说诗》、流沙河《隔海说诗》、邹荻帆《诗的欣赏与创作》、邵燕祥《晨昏随笔》、绿原《葱与蜜》、公刘《乱弹诗弦》、牛汉《学诗手记》、曾卓《诗人的两翼》、谢冕《诗人的创造》、彭燕郊《和亮亮谈诗》。

色，引起诗界、学界及出版界不小的反响，并入选“陕西新华出版传媒集团2015年度十大好书”，进而荣登全国“2015年度好书榜”。

隔年五月，著名青年学者、诗评家刘波，在中文核心期刊《南方文坛》2016年第3期，发表《再造汉语诗学传统——由〈当代新诗话〉丛书观诗话写作传统的拓展》书评论文，认为“这种新诗话的创造，应当是对古典诗话精神最好的传承与拓展”。并且，“让这一文体充满新的魅力”，“为我们带来了令人耳目一新的再造汉语诗学传统的别样体验”，而“成为这些年来，现代汉语诗人和批评家们，重新探寻诗话这一文体的集约型亮相，同时，也填补了近二三十年当代新诗话出版空白，以期促进对诗话的研究，实现其学术价值的拓展”。

由此，本套丛书从编选到出版，所秉持的“对当代中国诗歌美学景观和精神图谱，作另类文体解读而创新说，成为承正脉而别开一界的重要文本”的核心理念，及其“促进现代汉语诗话之研究，现代诗学之发展，及相关学科研究方向与视野的扩展。同时，也为广大诗歌与文学研究者和爱好者，提供一份别具参考意义与阅读趣味的特色文本”（本书“选题策划”）的价值期许，得到了初步有效的实现。

诗虽小道，国魂所系。时值新诗百年，革故鼎新、与时俱进中，如何于全球一体化大潮拍岸间立定脚跟，重新找回并确认我们的文化身份，实为功在后世千秋的大事。于此，内化现代，外师古典，重树典律，再造传统，正成为当下学界业界之共识。

同时，“转基因”之新诗及其新诗诗学，经由百年“移洋开新”的“现代化”历程，也终能得以在新的历史节点，于部分学人和诗人的思与诗中，反顾汉语传统，倡扬汉语气质，更是值得珍重和守望的事情。

当此关口，《当代新诗话》丛书连续结集出版，以求由个案之经典而成谱系之经典，板块呈现，集约展示，“既填补历史之缺憾，又经营目前之务实”（第一辑《主编后记》），并由此开启了一扇别具意义的当代新诗诗学“新窗口”，确然正当其时而厚望可期。

第二辑《当代新诗话》丛书，还是以五卷结集。分别为杨匡汉的《长亭听云》、简政珍的《苦涩的笑声》、臧棣的《诗道鳟燕》、泉子的《诗之思》、胡亮的《琉璃脆》。其“阵容”排辈，依序为20世纪40年代、20世纪50年代、20世纪60年代及20世纪70年代，“老中青”三代佼佼者，济济一堂而气象纷呈，各显千秋。

同时，依循前例，各卷皆以序言开轩，或可添彩导读美意。其中，臧棣、泉子、胡亮三位，各自邀约同道好友赵卡、耿占春、茱萸为文，而耿占春还是第一辑之《退藏于密》的作者，难得此番再续佳话。杨匡汉、简政珍两位，一时忙中无从顾及，特由主编代为邀请云南大学王新教授、三峡大学刘波教授两位新锐青年学者为序，如期斐然，成其圆满。

本辑卷一，系杨匡汉先生历时两年，特别辑录和补写的诗话专著。先生资深，而文心谨重，一部《长亭听云》，既与古典通合，又与现代呼应，格高思逸，不落凡近，如王新序文所言，无愧为"有性情，有品味，有识见"的现代诗话，且"特别葆有了古典诗话鸢飞鱼跃、披美缤纷的人文生态"。同时需要特别说明的是，匡汉先生原本就是这套丛书最初动议及选题策划人之一，最终复以作者加盟，玉成全局，实在堪可珍重。

卷二《苦涩的笑声》，为台湾著名诗人、诗学家简政珍教授的精深之作。犹记二十年前，笔者初次拜读政珍先生赐寄诗学新著《诗的瞬间狂喜》，以简篇而约无穷之致，及其富于收摄与整合力的学者风范和超凡才具，确然不虚盛名而令人折服！二十年后，耿耿中隔海约稿，先生如期赐达而精深如故，如刘波在序言中所指认的，"既有技艺的锤炼，又有深厚的人文情怀，他这些精短的文字，在异质性转换中带着解析诗歌的普适性美学"。

卷三《诗道鳟燕》，乃近年蜚声海内外的北京大学诗人学者臧棣之作。机缘凑巧，二十二年前赴北大拜谢冕先生门下访学时，得以结识臧棣，一握如故。此后虽来往不多，却念念在心。《当代新诗话》第一辑选题申报时，原本六卷，其中就有《诗道鳟燕》，后因臧棣忙中不及修订，这才推至本辑。结集之前，此书内容已多有刊布，影响广泛，正如赵卡序文中所言："《诗道鳟燕》是一部闪耀思考之光的'书'"，"臧棣发明了一种加密而自相矛盾的批评话语编码体系，这种编码体系已经形成了一套特殊的语言美学"，"是自新诗诞生以来中国现代汉语诗歌研究的重要收获之一"。

卷四《诗之思》，为青年诗人泉子潜沉多年专门撰写的系列诗学札记，深心静力，博思约取，集腋成裘，断续发表后，得同道瞩目。此次结集，从原稿两千多则中精选集萃，以"探究'诗得以发生的秘密'为核心主题"，"植根于修辞转义结构中的思想方式"，"以差异与等值替代了思想的同一性，用转义和生成性替代了本质论，以悖论的修辞取代容易被误解的概念体系"，"因此它不能被否定，也不能轻易证明对与错，就像诗歌本身那样，成为思想自由的象征"（耿占春）。

压轴卷五，系以民间学者而一举全票斩获第二届"袁可嘉诗歌奖"之诗学奖的青年才俊胡亮，新就诗话专著《琉璃脆》。识胡亮多年，其集渊雅与谨严于一身的少年老成，及其在批评文体方面的孜孜以求，每每令人感佩。此次特约专候得之，"卷上内思，卷下外观，又在此两种类型之外，另开一条熔铸古今、指点中外的路径"（茱萸）。细读之下，语虽玄寥而自有来去，横生逸出而思精虑细，看似散发乱服，实则正襟危坐，古今混搭，中西交嵌，复于分延与变奏中自成一家，特地亮眼。

至此，二五一十，五载毕其一功，《当代新诗话》丛书竟得十卷集成，别开一界，略备格局，实在不胜欣慰！

——俗语说"好事成双"，实则学问之道，"成三"许得方能筑基；两辑行世后，窃想后续步程，或可"逗引"新知加盟，终成大观，也未可知。

最后，代表所有作者，再次深切感谢坚持这套冷门丛书连续出版的陕西人民教育出版社！感谢从选题策划动议到具体编校发行操烦，付诸爱意与辛劳的田和平总编、马晓侠编审、各卷责编、校对与装帧设计家们！

——想来所谓"为他人做嫁衣"者，亦如著书立说做学问者一样，事功于日常之外，总还是唯愿能有一二"代表性"作品，足以立身入史，以释理想与情怀所在，尤其对身处"边缘地界"的出版人来说。但愿这套丛书的编辑出版，不但能实现这一"边缘与中心对话"的愿景，还能为所有参与其中者，留下一份山高水远的美好记忆！

是为"主编后记"。

沈奇　2017年5月2日于西安终南印若居